2022 현대시를 대표하는

名人名詩 특선시인선

(사)창작문학예술인협의회 / 대한문인협회

QR CODE

제 목 : 홍시
시 인 : 고옥선
시낭송 : 박영애

제 목 : 촛불
시 인 : 김국현
시낭송 : 최명자

제 목 : 며느리의 미역국
시 인 : 김금자
시낭송 : 박순애

제 목 : 천년의 기다림
시 인 : 김락호
시낭송 : 김락호

제 목 : 보고 싶다
시 인 : 김보승
시낭송 : 박영애

제 목 : 가을 사랑
시 인 : 김선목
시낭송 : 박순애

제 목 : 애수
시 인 : 김영주
시낭송 : 최명자

제 목 : 장미의 향기
시 인 : 김혜정
시낭송 : 박순애

제 목 : 봄날의 사랑
시 인 : 김희영
시낭송 : 박영애

제 목 : 떠나는 가을
시 인 : 남원자
시낭송 : 김락호

제 목 : 그렇게 사랑했어요
시 인 : 박기만
시낭송 : 최명자

제 목 : 그리운 친구여!
시 인 : 박기숙
시낭송 : 박순애

제 목 : 어머니
시 인 : 박미향
시낭송 : 조한직

제 목 : 봄꽃
시 인 : 박상현
시낭송 : 최명자

제 목 : 첫눈 내리던 날
시 인 : 박영애
시낭송 : 김락호

제 목 : 그리움의 나이테
시 인 : 박흥락
시낭송 : 최명자

제 목 : 봄이 오는 용문사
시 인 : 백승운
시낭송 : 박순애

제 목 : 모정
시 인 : 서석노
시낭송 : 조한직

제 목 : 봄을 기다리는 꿈
시 인 : 서준석
시낭송 : 최명자

제 목 : 쉼
시 인 : 손해진
시낭송 : 박영애

제 목 : 삭신이 쑤신다
시 인 : 송근주
시낭송 : 박순애

제 목 : 가을 스케치
시 인 : 송용기
시낭송 : 최명자

제 목 : 어머니의 자장가
시 인 : 염경희
시낭송 : 박영애

제 목 : 당신에게
보내는 가을 편지
시 인 : 염규식
시낭송 : 박영애

제 목 : 잠 못 드는 밤
시 인 : 오필선
시낭송 : 조한직

제 목 : 습지엔 바람만 불고
시 인 : 유영서
시낭송 : 박영애

제 목 : 벼랑에 선 천년 지기
시 인 : 이동백
시낭송 : 박순애

제 목 : 아침에는
시 인 : 이만우
시낭송 : 최명자

제 목 : 빈 의자
시 인 : 이문희
시낭송 : 박순애

제 목 : 처가에 가면
시 인 : 이상노
시낭송 : 박영애

제 목 : 길
시 인 : 이재용
시낭송 : 박순애

제 목 : 봄날
시 인 : 이정애
시낭송 : 김락호

제 목 : 붉게 태운 낙엽의 외침
시 인 : 이정원
시낭송 : 박영애

제 목 : 녹차
시 인 : 전경자
시낭송 : 최명자

제 목 : 고독의 단상
시 인 : 정병윤
시낭송 : 조한직

제 목 : 흙에다 쓴 詩
시 인 : 정상화
시낭송 : 박영애

제 목 : 금사정 동백나무
시 인 : 정찬열
시낭송 : 최명자

제 목 : 당신의 미소 속에는
시 인 : 조순자
시낭송 : 박영애

제 목 : 둥글어져라
시 인 : 조한직
시낭송 : 조한직

제 목 : 내 오랜 친구야
시 인 : 주응규
시낭송 : 김락호

제 목 : 여인의 향기
시 인 : 최명자
시낭송 : 최명자

제 목 : 간격과 반격
시 인 : 최숙경
시낭송 : 박순애

제 목 : 길은 길이다
시 인 : 최윤서
시낭송 : 최명자

제 목 : 꿈인가요
시 인 : 최이천
시낭송 : 박영애

제 목 : 그대 그리운 날에는
시 인 : 최하정
시낭송 : 김락호

제 목 : 회상
시 인 : 한명화
시낭송 : 박영애

2022 명인명시
특선시인선
시낭송 모음1

2022 명인명시
특선시인선
시낭송 모음2

시낭송 QR 코드는
스마트폰 QR 코드 리더기를 이용하여
시낭송을 감상할 수 있습니다

2022 "명인명시 특선시인선"을 엮으며

인생은 하나의 실험이다. 실험이 많아질수록 당신은 더 좋은 사람이 된다. -에머슨- 인생의 위대한 목표는 지식이 아니라 행동이다. -헉슬리- 유명인들의 명언들이다. 늘 실천하는 사람은 새로운 것을 찾을 수 있고 그 새로운 것은 또 다른 누군가의 길잡이가 되며 후대에 남을 것이다. 아무리 좋은 작품도 장롱에 넣어 둔다면 그냥 낙서에 불가할 것이다. 2022년에도 많은 시인이 현대시를 대표하는 명인명시 특선시인선에 참여했다. 용기를 내어 참여한 시인들에게 박수를 보낸다.

"시(詩)가 성하면 나라도 역시 성하며, 시가 쇠하면 나라도 역시 쇠하며, 시가 존속하면 나라도 역시 존속하며, 시가 망하면 나라도 역시 망한다." (단재 신채호) 시(詩)를 짓는 詩人이라면 다 알만한 내용이다. 우리나라의 역사에서 시(詩)문학은 학문의 척도였으며 그 사람의 인격과 지식을 알 수 있는 방법이었다. 시대에 따라 변천해온 시문학이 이제 2022년이라는 새로운 시대를 열어가고 있다. 형식이나 규정을 지키면서 쓰던 전통적인 문학에서 자유시로 그 형태를 달리한 세월이 100년을 넘어 이제 또 다른 현대 시를 詩人들은 짓고 있다. "名人 名詩"는 역사와 세월이 만들지만 현대시를 名詩로 선택하는 것은 독자들이다.

작고 시인 10인과 2022년 현대시를 대표하는 46인을 선정하면서 작품성도 중요하지만, 앞으로 활동할 능력을 많이 고려했다. 시는 어떤 작품이 좋은 詩다 라고 정의할 수가 없다. 시인이 상황을 묘사한 작품을 독자가 공감해야만 좋은 시이기 때문이다. 〈2021 명인명시 특선시인선〉에 이어서 선정된 시인과 새로이 선정된 시인은 앞으로 더욱 활발한 활동으로 시문학을 아끼는 독자에게 다가가는 계기가 되기를 기원하면서 2022년 현대시를 대표하는 "명인명시 특선시인선"을 엮었다.

대한문인협회 회장 김락호

* 목차 *

* 목차 *

시인 고옥선

#프로필

대전 거주
대한문학세계 시 부문 등단
(사) 창작문학예술인협회 회원
대한문인협회 대전충청지회 정회원
한국문인협회 대전유성지부 회원
유성문학 회원
행복문학 회원

#시작노트

시골에서 자라 눈만 뜨면 아름다운 풍경을 보면서 일기장에 낙서하는 취미가 생겼다.
늦은 나이에 다시 시를 쓰려니까 부족한 점이 많다는 걸 느낀다.
시를 좋아하는 마음으로 미흡한 감성에 불을 지펴보고 싶다.
계절을 지나오면서 자연과 동행하는 게 시가 되었다.
부족한 작품이 명인명시에 실리게 되어 행복합니다.
감사합니다.

#목차

#시낭송 QR 코드
제 목 : 홍시
시낭송 : 박영애

공저 <2020 유화로 보는 명인명시선>

이슬 / 고옥선

그대 누군가 미워지거든
풀섶에 맺혀있는
사랑을 보러
들녘으로 가라

그대 화가 나거든
나무에 송골송골 매달린
나무의 마음을 보러
산으로 가라

그대 누군가 그리워지거든
영롱한 꽃의 촉촉한
입술을 보러
꽃밭으로 가라

그대 외로워지거든
시냇가 징검다리 위
별들의 땀방울 떨어져 있는
징검다리 위로 가라

우주가 보내준 맑은 마음을
보게 되리니

꽃 그대에게 / 고옥선

화사한 벚꽃으로
어여쁜 목련으로
아름다운 장미로
지천의 민들레로
안개비 이슬에게도
햇살처럼 곱게 안기는 너

계절로 다가와서
고고한 맵시만큼
언제나 기품있고
신비의 색감으로
마음에 행복을 주는
아름다운 꽃이다

사는 게 지친 시기
꺼지는 불씨 살려
오방색 두루 갖춘
미색의 봄처녀여

그대여
언제까지나
내 마음에 피소서

어머니 / 고옥선

유리알 꿰매듯 정성으로 기르시어
한 알씩 또르르
품 안을 떠났어도
자식을 위한 기도로
새벽 여는 어머니

무더운 여름날 들녘 길
매꽃 보고
소녀 같다 말씀 하시며
꽃 향에 젖으시고
과거로 되돌아간 듯
눈물짓던 어머니

머리에 하얀 서리
다소곳 품으시고
쓸쓸히 관망하며 자애로운 미소로
여정길 비워 내시는
사랑하는 어머니

칠월의 숲 / 고옥선

너럭바위 푸른 이끼 옷 입는
칠월의 숲으로
들어서면

푸름 속에 하얀 여백
아카시아, 밤꽃 진 자리에
푸른 물결

머루 다래 주렁주렁
칠월과 교감하며
여름으로 내리 달린다지

뻐꾸기 소리에 알알이
열매 익어가면
태양을 향하는 교태
푸른 윤슬 매달고 여름 부른다지

꽃내음에 찌든 마음 훌랑
벗어버리고
푸른 일광욕 즐기라고
나무들은 어서 오라
손짓한다지

썰물을 기다리며 / 고옥선

바람 속에 풍겨 오는 풀 향에
젖어 드는 고요 속에서
아침의 문이 열린다

낭창거리는 수양버들
바람결에 연둣빛 춤사위
청아한 향기 풍긴다

마른 흙먼지 뒤집어쓴 들꽃이
청량한 이슬로 반짝이도록
화창한 햇살이 기다려지고

안개 젖은 세간의 침묵 위로
밀려든 밀물을
밀려갈 썰물이 간절히 기다려진다

시인 고옥선

신작로 / 고옥선

신기루처럼 때로는 그림자로
작은 아이와 큰 아이가 겹쳐서
흙먼지 속에
아련함으로 젖게 한다

그곳 옆 도랑에 초록 물결이
졸졸졸 푸른 꿈으로 흐른다
분홍 물결이 되어
무지개 다리에 머문다
하늘거리던 코스모스
울퉁불퉁 고개 넘던 사춘기

회색 시멘트가 산허리를 휘감아
돌아가고
추억을 묻혀버린 곳
모른 채 살아가는 건 잊기 위함이 아니라
추억 속 아련함에 젖기 싫어서다

먼지 날리며 걸어가고 싶은 길

배롱나무 아래에서 / 고옥선

새벽빛처럼 피어나는 볼살은
낭창거리며 벙글인다

바람의 언어로 볼 비비는 소리
아름다운 이야기 속을
들어갈 수 없어 고요히 듣는다

불협화음의 하늘 밑을 맴돌아
우후죽순 자라는 길섶 옆에
벙그는 네가 있어 좋다

꽃송이마다 가득 채움 없어도
수줍은 모습은
허공에 매달린 꽃의 향기를 맡는다

붉게 물드는 심장이
온몸을 돌아
가지마다 걸려 요동치고
환하게 피어난
너의 온기 느낄 수 있어
행복하다

가을의 서곡 / 고옥선

익숙해진 불볕 속에
그리움이 녹아
하늘하늘 해질 때
시원한 바람이 음악처럼 느껴졌어요

무심코 지나친 들꽃
푸른 이끼들
초록 지문을 남기는 계절이
행복도 아픔도
데려오고 데려가는 걸
늦게서야 깨달았어요

부드러워진 햇살 속에
코스모스가 꽃을 피우고
상큼한 풀 내음이 점점 멀어져
가고 있었어요

그리움이 자꾸
떠오르기 시작했어요

아! 가을이 오고 있나 봐요

사과 / 고옥선

동그란 얼굴에 볼 비비며
그대의 향기 나는
상큼함에 잠들고 싶어

가을 정취, 수채화 풍경
주렁주렁 열리는 포만감
황홀한 흔들림 넋을 빼앗기네

그대 눈빛처럼 젖어 드는
촉촉한 빛깔
달달한 맛, 혀끝의 진미
윤기 나게 흐르는 아름다움에
빠져들고 싶어

붉은 노을 따라
마음 흔들리면
붉게 젖어 드는 사랑
그 사랑 훔치고 싶어

홍시 / 고옥선

가을은 뒤뜰 뜨락에서
연기도 없이 붉게 탄다

가을을 누가 곱다고 했을까
고운 게 아니라 피멍 드는 것을

뒤뜰 뜨락 감나무가
장독대 한켠을 빌려
장대 끝에 매달려
항아리로 들어간다

장독 안의 떫은 감은
계절을 숙성시키고
애간장을 녹여서
홍시로 태어난다

하얀 꽃으로 향기를 피우고
푸른 떨감으로 청춘을 바쳐서
붉은 홍시로 달콤한 행복을
만들어줄 너를
사랑이라 부르련다

시인 김국현

#목차

#시낭송 QR 코드
제 목 : 촛불
시낭송 : 최명자

공저 <2021 현대시와 인물 사전>

#프로필

울산 거주
대한문학세계 시 부문 등단
(사)창작문학예술인협의회 회원
대한문인협회 정회원

#시작노트

산책하면서
우연히 돌을 던졌습니다

던지고 보니
내 가슴속이었습니다

가슴에
검게 멍이던 것을 보니
아직도
마음속 깊이 그대가 있음을
알았습니다.

촛불 / 김국현

마음에
불을 붙입니다

자신을 태우며
흘리는 눈물 속에
당신을 보았습니다

잎새 같은 얼굴과
가냘픈 손마디마다
지쳐 흘리는 고통의 소리
세상의 빛이 되신
님이여!

타는
날까지
내 마음엔
온통
당신의 모습으로 가득 찼습니다.

공간 / 김국현

이 한밤
바람 따라 들려오는
함께 걸었던 그 숲속 향기
그대의 숨소리
별같이 빛나는 눈동자
함께 마셨던 커피향
빠짐없이 주워 담았지

근데
담아도 담아도
채워지지 않는 공간이 있었어

아마
그대가 준
마음 한 자락이
빠졌기 때문일 거야

그래서
그대를 위해
그 공간 비워두기로 했어.

황금(黃金)벼 / 김국현

춘풍 몰고 내려와

여름 햇살 아래

흐르는 땀 바람에 씻고

위로 격려하며

밤이면 은하수 비추어

개구리 풀 벌레 노래와

바람 불면 함께 흔들리고

비 오면 같이 맞고

시기(猜忌)도 증오(憎惡)도

경쟁 없는 세상에서

오는 새 허기 없애주며

가을이 오면

만인들 위해 고개 숙이며

낮아지고 낮아지다

더욱 낮아져

일생을 끝내는 그대여!

그대 숨 쉬는 날

핏빛 하늘 보며 고개를 떨굽니다.

호수 / 김국현

오늘따라 호수가
왜 이렇게 잔잔할까?

돌을 던졌더니
그대를 향한
그리움이 한없이 번져가고 있다.

나비 나는 날 / 김국현

나비가
배춧잎에 알을 낳는다

며칠 지나
아름다운 에덴동산
욕심, 경쟁 없는 평화를
한없이 먹고 마시며

하늘 덮은 먹구름 속에서
천둥 번개 소리 나더니
천장이 열리고 빛과 물이 흐르는
푸른 문 열리는 날
생명의 젖줄인 줄 알았다

북풍 몰고 온 한파가 내려올 무렵
아늑하고 포근한 공간에서
돌이킬 수 없는 아픈 마음과
떠오르는 추억 되새기며
긴 꿈속을 걸어간다

새싹 눈 떠고
진달래 웃음소리
높고 푸른 하늘 향해
희망을 부른다

비로소
향기 나는
세상 속으로 뛰고 또 날아다니며
향락을 즐기다
따스한 햇살 받으며
배춧잎에 살포시 앉아본다.

마음의 무게 / 김국현

마트에서

식료품을 구입하는 날

오늘따라

쇼핑카트가 왜 이렇게 무겁지?

담은 것은

라면, 고기, 치즈...

자세히 보니

아내의

정성과

사랑하는 마음까지

담았기 때문이었어.

이팝나무 / 김국현

이팝나무 꽃 필 때쯤
그대가 생각납니다

그 길에서
그대의 뽀얀 향기와
숨죽이며 바람에 날리는 미소와
만지면 터질듯한
우윳빛 얼굴까지
꽃처럼 하얀
그리움으로 피어나기 때문입니다

시인 김국현

민들레 홀씨 / 김국현

노란 민들레 꽃
홀씨가 되어
공중으로 날 준비를 하고 있어

가까이 다가가
흔들었더니
내 품 속에 들어와 안겨버렸다

야!
요것도 꽃이라고
남자 냄새 기차게 맞는구나.

등대 / 김국현

푸른 언덕
흰 등대
보름달이 떠오릅니다

그대는
애간장 녹이며
가슴 태우다

잊지 못할 사연 가지고
부엉이 소리로
밀려오는 그리움이여!

시인 김금자

#프로필

시인, 낭송가
경기 성남 거주
2017. 대한문학세계 시 부문 등단
(사)창작문학예술인협의회 회원
대한문인협회 및 경기지회 정회원
2018. "한국문학 올해의 시인상"
2019. "가울문" 동인지 공저 외 다수
2020. "유화로 보는 명인명시선" 공저
2020. "가시 끝에 핀 꽃" 개인 시집 출간
2021. "낭송하는 시인들" 동인지 공저
2021. "현대시와 인물 사전" 공저

#시작노트

들꽃 같은 삶이지만 봄바람의
스침과 내가 좋아하는 목련의
우아함과 여름 소나기와 천둥
이야기, 가을 단풍과 겨울 첫
눈을 노래하는 소박하고 독자들과
소통하고 눈높이를 맞추는 시인이
되면 좋겠다.

#목차

#시낭송 QR 코드
제 목 : 며느리의 미역국
시낭송 : 박순애

시집 <가시 끝에 핀 꽃>

떠나는 인연 / 김금자

어느덧 구겨지고 낡은 옷 같은 세월 앞에
석양이 산 중턱에서 늑장을 부리자
앞만 보고 달려온 계절이 시간을 재촉한다

봄과 여름의 징검다리를 건너며 쌓인 정
군락지의 갈대가 흐느적거리며 춤을 추면
도리깨질에 쏟아지는 알곡의 흐뭇한 미소

늘 청춘으로 알던 초록 잎도
흐르는 세월에 못 이겨 옷을 갈아입는다

살아온 날이 잦은 비의 질퍽거림 같아도
갠 날의 청아한 가을 하늘을 담아
잘 익은 과일들 오선의 가지에 음표가 되고
향 좋은 들꽃은 단맛을 낸다

취기 어린 귀뚜라미 흥얼거리니
단풍같이 선명하고 아름답던 인연들
밤이 깊어 얽히고설킨 사연들이
타버린 연기처럼 퇴색되어 가는 낙엽의 뒷모습이다.

며느리의 미역국 / 김금자

어릴 적에는 생일이나 되어야
귀한 찐빵이라도 얻어먹었다

어느덧 중년의 나이가 되고 보니
아이들이 자라 저희 나름대로
기념일을 챙겨준다

작년에는 새벽일 나가는 딸을 위해
어머니가 끓여주시는 미역국이
가슴 찡하게 죄송스러웠는데

올해는 봄에 장가든 아들 덕분에
생일을 앞당겨 며느리가 끓여 놓은
미역국의 간을 보며 "고맙다" 했더니

앞으로 30년 동안 같은 음식만 해드릴 건데
좋아하는 음식이 뭐냐고 묻는다
음식점에서 사준다고 하지 않고
손수 차려주겠다고 하니 기특하다

옆에 있던 딸 "우리 엄마 웬 호강이래요"
하하! 호호! 식구들 행복한 웃음에
마음에도 웃음소리가 들리는 듯하다.

홍시 / 김금자

오가는 길목 학교 담장 안
올망졸망한 땡감이 가을볕과 마주쳤다

소꿉놀이하던 짝지처럼
볼 붉히는 수줍은 땡감
가을이 수북이 쌓이는 날에는
보름달처럼 달디 다게 익겠다

쫙 벌린 목젖의 흉함도 잊은 채
먹음직스럽게 홍시를 쪼개어
즐겨 드시던 울 아버지

홍시 한 입 배어 잡수시는
아버지 모습 보고픈데
병원에 고된 몸으로 누워계시네

야속하게 익어가는 홍시
까치밥 되기 전에 쾌차하시길 두 손 모은다.

추석맞이 / 김금자

땡볕에 그을린 농부의 얼굴
하회탈 같은 넉넉함으로 기다리는
한가위 보름달이 만삭이겠다

닿을 수 없는 그리움도
사과처럼 익어 가는 명절이었는데
그 추억마저 잃어가겠다

코로나의 진풍경에
힘들다, 지겹다를 담금질하여
따뜻한 말이라도 건넬 정이라면
송편, 알밤같이 단맛 나겠지

울적함을 걷어내는 보름달이
가을을 단장하는 갈꽃처럼
헐벗은 가슴에 때때옷 입히겠다.

꿈을 찾아서 / 김금자

하늘 도화지에 분홍 꽃물로
코스모스 예쁘게 색칠하고
빨간 고추잠자리 날개, 동심을 그리면

명절이면 밤새워 열차를 타고
부모님 계신 고향으로 달려가서
코스모스 흐드러지게 핀 길 걷던 추억
이제 코로나로 묶인 몸은 갈 수 없지만

손자들에게 만들어 주고 싶었던
코스모스꽃 추억 언제나 그려 줄까

아이들 웃음소리 마스크 속에 숨고
학교 운동장엔 잡초만 무성하니
우리의 꿈나무 감성은 누가 책임질까나

보름달 높이 걸린 올 추석에도
손자들의 잘 익은 미소 볼 수 없지만
파란 하늘에 코스모스를 닮은
아이들의 사진 한 장 걸어두면 좋겠다.

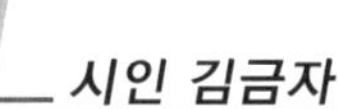

나의 삶 / 김금자

장바구니 들고 가로수길 걷다
버려진 피아노 의자에 앉아 하늘을 봅니다.

마음의 여유 없이 치매 환자처럼
종종거리며 살아 온 날이
구름처럼 스쳐 지나갑니다.

어느덧 내 나이 중년으로 치닫고
오래 쓴 흔적 들이 옹이처럼 튀어나와
병원에서 이것저것 검사를 받으라 합니다

나에게는 없을 것 같던 일들이
문 앞에 엎드려져 있는 현실 앞에
가을을 뛰쳐나가고 싶은 충동을
느낍니다.

위로가 필요할 때 위로 자도 없고
열매 맺지 못한 쭉정이 같은 빈 가슴
가을 앞에 우두커니 서 있습니다.

플라타너스 잎이 물드는 황혼에
휘어지고 거칠어진 발을 보며
참 험악한 세월을 살았구나 되뇌어 봅니다.

금자야 수고했다. 참 애썼다.
눈물이 핑 도는 하늘이 나를 보고 웃습니다.

손자 보러 가는 길 / 김금자

매미 소리 우렁한 가로수 길을 걸어
군산에서 온 손자들 보러 딸네 집에 간다

할머니와 사는 손자들은 엄마가 보고 싶어
한 달에 한 번씩 엄마표 예방 주사를 맞으러 온다

어려서 엄마와 헤어지기 싫어
떼쓰던 꼬맹이들이 어느새 몽돌이 되어
5학년, 3학년 의젓한 초등생이 되었다

여름 땡볕에 흐르는 땀처럼
끈적이는 정과 멈출 수 없는 그리움을
3박 4일간 식히러 왔다

가을 해바라기처럼 밝고
박처럼 하얗게 살이 오른 손자들
수숫대처럼 키만 자라주면 바랄 게 없겠다.

비록 떨어져 살지만
잘 견디고 건강하게 자라줘서 고맙고
함께 사는 날 빨랐으면 좋겠다

사랑하는 손자들아
팔월의 태양처럼 늘 뜨거운 가슴으로
가을 하늘처럼 높은 꿈을 가지길 기도한다.

복날 삼계탕 / 김금자

정오의 직사광선이 나를 짓누르면
물러설 곳도 피할 곳도 없이
납작 엎드러지는 낮은 자세

한 뼘의 그늘을 구하나 보이지 않고
머리 위로 지나는 전깃줄의 그늘도
귀한 듯
그 속으로라도 피하고 싶은 땡볕

언덕배기의 햇볕을 홀로 지고
꾸역꾸역 오르는 등줄기에 흐르는 땀
여름의 끝을 지나는 말복 날이다.

삼계탕을 사 왔다는 딸아이의 말에
천근 같던 발걸음에 날개가 달려
가볍게 집으로 와 밥상 앞에 앉았다

역시 복날, 몸보신엔 삼계탕이 최고야

가정의 울타리 / 김금자

단풍이 하도 고와 가까이 보니
삶에 부대끼고 찢어진 상처로
낮은 신음에 뼈만 앙상히 남았다

굵은 마디마다 시린 바람이 불고
폐부에 물이 고이고 장기마다 출혈로
오장육부의 무너지는 고통이
슬픔의 웅덩이가 되어 똬리를 틀고

기회를 엿보며 희망을 갉아 먹고
떨어지는 낙엽처럼 갈라지고 부서져
산처럼 크던 몸집이 작아 보인다

붙어버린 눈은 뜨기조차 힘들고
실어증도 아닌 말이 입안에서 맴돌다
허공에서 부서져 형체가 없다

든든히 지켜주던 가정의 울타리
맡겨주신 사명을 잘 감당하고 마치려 함에
보이지 않는 숨소리가 생명을 쥐고 흔든다

기쁘고 행복했던 일만 기억하고
원망일랑 하지 마시고 사랑하는 마음만 가지고 가세요

아버지,
낳으시고 길러 주신 은혜 감사합니다
수고하셨습니다. 사랑합니다.

포효 / 김금자

마치 두 마리의 범이
얼굴을 마주 보고 으르렁거리는 듯
천둥소리가 요란하다

급기야
지나가지 못할 물 폭탄 떨어지니
집과 논밭이 잠겨 수재민을 아리게 하는 홍수
배고픈 저금통처럼 지상 물을 마구 삼킨다

녹색의 풍경들이 지워지고
익어가는 과실수까지 속수무책인데
숨 막힌 대지마저 무너진다

젖은 하늘의 경고장도 말라가고..

벌처럼 쏘아대는 열기는
연일 수은주의 기록을 깨고
소나기라도 기다리는 만물들이
자연의 섭리에 순응하며 생을 유지한다

오늘도 으르렁거린다
한바탕 굵은 빗줄기가 지나가면
아랫마을 물고랑은 곤욕을 치르겠다.

시인 김락호

#목차

#시낭송 QR 코드
제 목 : 천년의 기다림
시낭송 : 김락호

시집 <눈 먼 벽화>

#프로필

(사)창작문학예술인협의회 이사장
대한문인협회 회장
도서출판 시음사 대표
대한문학세계 종합문화 예술잡지 발행인
대한창작문예대학 교수

#시작노트

행동이 나를 따르지 못하는 날엔
말을 합니다

말조차도 나를 따라올 수 없는 날엔
글을 씁니다

그러나
글조차도 나를 이해시킬 수 없는 날엔
난 시를 씁니다.

눈먼 벽화 / 김락호

시인은 눈을 감았다

그리고 세상을 본다

감추어진 진실을 본다

광기, 추악, 열망, 탐욕, 공포, 고통, 맹목, 증오

그리고 희망

내가 보고 싶은 것들은

편견이라는 벽에 가리워져 있다

눈먼 벽화를 보며

핥고 있는 것은 삶이다.

사랑이 오다 / 김락호

햇빛이 신을 벗어놓고 달려왔다
낮게 앉아있는 꽃잎을 품고

빗물처럼 쏟아지는 그리움이 왔다
울컥울컥 두근거리는 심장을 품고

꽃잎에 환히 비친 사랑이 왔다
구름이 만든 형언할 수 없는 설렘을 품고

그리고
하얗게 촉촉해진 입술로 은혜로움을 말하며
청초하고 순수한 사춘기 소녀처럼 사랑을 고백한다.

버리지 못하는 너 <금연 시> / 김락호

그녀는 늘 나와 함께 하기를 원한다
나도 그녀가 싫지만은 않다

사람들은 그녀와 나를 시기하고
그녀 향기를 품은 나를 꺼리기도 한다

그녀와 결코 헤어질 수 없는 것인지
내가 그녀를 버리지 못하는 것인지
버리고 싶은 간절한 마음은
그녀를 향한 내 사랑보다 더 깊기만 하다

버리려 하면 그녀는 슬픈 얼굴로 나를 유혹하고
버릴 수도 가질 수도 없는 그녀를
오늘도 난
늘씬한 몸매를 어루만지며
마른 입술로 애무를 시작한다

가슴 깊은 곳에서 그녀가 느껴지면
숨을 헐떡이며 깊은 정사의 늪에 빠져든다

한 번 빠져든 그녀의 매혹적인 유혹에는 애도 어른도 없이
뼛속 깊은 곳까지 흔적을 남긴다

그녀의 요사스러운 매력에
오늘도 나의 호흡은 희롱당한다

이별의 마음으로 굳게 마음 다잡고 뒤돌아서면
그녀의 매혹적인 향이 내 손을 이끈다

늘 그녀와 사랑을 나눈 자리엔 희뿌연 허무와
바닥에 뚝뚝 떨어진 삶에 대한 회한(悔恨)뿐이다.

겨울에 병든 허수아비 / 김락호

하늘이 울어도
그는 거기 서 있다

아니 두 다리가 땅에 박혀 도망갈 수 없었다

지나던 참새가 똥을 싸대도
붉은 입술의 낙엽이 이별을 선언해도
그는 거기서 말이 없어야 했다

삶의 무게를 짊어진 허수아비는
이제 겨울비를 보지 못할지도 모른다

아니 병든 겨울을 보기 싫어서 일지도 모른다

그가 만든 허상의 세상은
마지막 겨울비가 오기 전 누워야 한다

들판에 버려진 삶은
흰 눈이 만든 빛의 그림자를
부신 눈을 감추며 또 다른 내일에 잠든다.

천년의 기다림 / 김락호

나는
한지의 이름으로 숨을 쉬어야 하는 종이이면서
땅에서 솟아오른 천년의 그리움이다

바람 부는 길가에 서서 세상을 노래하다가
이제 더 이상 나무이고 싶지 않아
사람의 숨결 속으로 파고들었다

나는
어떤 이에게는 가슴에 매달린 꽃이 되었다가
어떤 이에게는 고향을 기억하는 인형이 되었다가
마주 앉은 부부의 사랑 터가 되었다가
우아한 기품을 품고는 문설주의 친구도 되었다

백번을 두드려 천 번을 씻어 내린 모습으로
한 땀 한 땀 바늘이 지나간 자리엔 천사의 날개를 달고
절망의 고독 속에서도 변치 않은 아름다움을 품어
세상을 향해 던지는 미소에 수수함도 담았다

또 한 번 세상은 영혼을 위한 잔치를 준비하고
밝은 것 어두운 것도 없고 거친 것 무른 것도 없는
세상에 단 하나
오로지 천년을 살아갈 수 있는 모습으로 나는 비상을 꿈꾼다

천상의 생명이 가슴에 내려앉는 날
거친 닥나무 결에 숨어서 기다린 갈빛 세월을
신비로운 탄성의 미학으로 승화시키며 나는 춤춘다

당당한 옛스러움을 안고 찬란한 하늘을 날아오른다.

시인 김보승

#프로필

(社)창작문학예술인협의회 회원
대한문인협회 정회원
대한문인협회 부산지회 정회원 및 사무국장

#시작노트

神이여!

내 맑은 영혼이 검게 퇴색된 者들의
편견과 오만과 아집에 물들지 않도록

神이여!

연약한 마음을 聖靈속에
붙들어 세워 주시고
밝은 길로 引導하소서......

#목차

#시낭송 QR 코드
제 목 : 보고 싶다
시낭송 : 박영애

공저 <2020 명인명시 특선시인선>

영산홍 / 김보승

그대 향한
그리움 애가 타

말 없는 저 강물
핏빛 물들어 울어대고

사무치는 가슴 가슴은
불에 탄 듯 아리다

적삼 같은 꽃잎
봄날은 열어 붉고

단심은 애통해
흐느껴 흐느껴 고개 떨구네

보고 싶다 / 김보승

소매끝 바람 시리도록 추운데
孝鳥는 높은 산 위에 여기저기 바쁘다

東海 성난 파도 소리 물빛 너울 따라 넘치고
바다는 그네 타듯 노래하며 앙골찬 춤을 춘다

바웃돌에 멍울진 물거품은 인어의 혼불인가
안개같이 피었다 연기처럼 사라지네

가슴에 담았던 동화 같은 삭힌 추억들이
금일 따라 복받쳐 물결 따라 굽이굽이 꽃 피운데

머릿속 꽉 차 애가 탄 사무친 그리움은
비릿한 갯내음에 봇물 터지듯
낙엽 같은 흰 구름에 실려 덧없이 흐르고 흐른다

아 정말 정말 보고 싶다

저 넓고 높은 하늘 밭에
그립고 그리운 엄마 모습
서러워 가슴은 눈물 꽃씨 심고 또 심는다

어떤 일생 / 김보승

질퍽한 땅속에서
인고의 세월 버텨온 너는

파래 같은 잎사귀 익어 갈 때쯤
이 세상에 잠시 잠깐 나와

운명의 팔자 녹빛 여백에 새기며
진종일 지침 없이 울어 예 나

그 긴 기다림 인내만큼
이승의 사랑 사연조차 깊을 진데

약 한 달 소리쳐 소리쳐
그렇게 그렇게 더운 울음만 울다

한여름 땡볕에
한 줄 소나기 지나가듯

낙조에 물든
조각난 노을처럼 쓸쓸히 가네

이슬로 연명한 낙엽 같은 나날들
욕심 없는 짧고 굵은 삶은

미련조차 그렇게
한 톨 먼지가 되어 갈바람에 날린다

어쩌면 매미는 청렴의 표상 이리

유월 빗소리에 초연히 떠난 사람 / 김보승

뒷동산 녹음 아련히 속살 되고
앞바다 너울 명경 같이 고요해라

갯바람에 실린 유월 금일 따라 따가운데
무료한 선박 비릿한 내음 항구에 맴을 도네

한 시절 바다에 받친 피 끓는 청춘은
비바람 거친 풍랑 두렵지도 않았어라

이제는 돌아선 부둣가에서 묵직한 한숨
한잔 막걸리에 토하고 이 풍진 세상을 노래하네

유월 빗소리에 초연히 떠난 사람
그 그리움은 가슴마다 격하게 들썩인데

한동이 눈물이 어찌 이별을 대신 하리
어쩌면 이별은 무지갯빛 색깔로 다가와

그렇게 비릿하고 애잔한 흔적들은
왜 이다지도 서럽고 외기러기 같은가

진종일 비는 많아
온통 젖은 마음 공허하고 쓸쓸해라

세월 앞에 장사가 없다 했던가
비리지고 한 많은 삶 타버린 인생은 그저 허무로다

저 잿빛 하늘 빗소리에 한 송이 백합 향기
눈물인 양 코끝에 홀로 머물러라

질퍽대는 기억 더듬어 다듬어서
고운 추억은 사계절 꽃씨로 세상에 남기려네

눈물만큼 설운 그리움일랑 몽땅 가슴에 담아
혼불 되리 저 동녘 언저리에 은은히 빛나리라

2020년 6월 17일 세상 하직한 셋째 형님의 삶을 그리며 그 영전에 받칩니다

그 꽃잎의 거친 숨소리 / 김보승

그 바이러스 전 세계 숨죽인 우한 폐렴균
세상천지 곳곳마다 독버섯처럼 피워 올랐다

그 균은 경자년 봄날 한 줌 사람의 가슴에
오롯한 옹이 꽃 하나 검게 물들이고 있었으니

산천이 죽고, 사회가 죽고, 가슴이 죽었다.

봄 태양 사발 빛 햇살에 강산은 푸름 나빌 되고
꽃대궁 살랑이는 봄노래가 이다지도 슬프다

수양버들 살풀이 지르밟는 쇠잔한 4월 언덕
황토색 노을 숨죽여 넘을 녘

마스크로 무장한 핼쑥한 세상에서 그 꽃잎의
거친 숨소리 초혼굿으로 달래며 봄날은 간다 쓸쓸히

그렇게 사라진 그 꽃잎들의 망령들이

풍진 세상 눈처럼 달려들며 회오리 맴돌다
도적맞은 삶 거칠게 항변하다 눈물처럼 사라져 간다

삶, 그 흔적 / 김보승

초연한 바람 물비늘처럼 부는 날
꺼내기조차 시린 푸른 날의 아린 잔상殘像은
구름 울고 넘는 산등성 굽이굽이 들꽃으로 피어나
홀씨 날려 우는 노을 저물녘 향수鄕愁에 젖어 운다

바람결에 숨겨둔 삶의 무지갯빛 향연饗宴은
세월 무게에 녹아내린 옹이 같은 모진 삶의 노래
어느 날 문득 산허리 감싼 운무雲霧 햇살에 사라지듯
울컥 눈물 같은 그리움으로 찾아왔네

어쩌면 어느 봄비에 지는 저 꽃잎처럼
고달픈 걸음걸음마다 내일을 알 수 없는 주름 꽃 피어나
해 저문 낙조落照길 위로 검버섯 흘리며 사위어 간다

내 삶의 희로애락 같은 사연들이

내 인생의 덧없는 미련들이........

시인 김보승

그, 감빛 / 김보승

가지가지 버겁게 주렁주렁
석양의 입김 조차에도 출렁출렁

황혼 같은 열매의 향연
노을은 운무 같은 춤을 춘다

철갑 같은 잎들
억새 서걱대며 모질게 울던 날
조락의 눈물 흘렸더냐

저물녘 까마귀 한 마리
높은 가지 하나의 잎 인양 장승처럼 앉았네

숨지는 노을에 그, 감빛이 탄다

폐지 줍는 노인 / 김보승

사방팔방 골목마다
손수레 삶을 줍는 세월을 본다

이길 저길 큰길마다
손수레 삶을 줍는 세월을 본다

어디서 왔을까 어디로 갈까 끝은 어딜까

그 삶엔 큰 하늘은 없다
유일무이 손수레에 삶과 세월 담으랴……

초점은 행행 하고
정신은 성성하여

바삭 굽은 허리 큰 하늘 등에 업고
칼날 같은 각을 세워 삶을 줍는다

누군가 말했더냐
저마다 타고난 팔자라고……

차마 보는 이 설운 마음
큰 하늘에 한 숨 크게 토한다

어디서 왔을까 어디로 갈까 끝은 어딜까

어제도 오늘도 구십도 굽은 세월
손수레 삶을 줍는다

시인 김보승

세월아 그랬어라 / 김보승

세월아 그랬어라

그날그날은
사발 같이 부서져 내렸다

잔해는 가시바늘 되어
조각난 세월을 꿰매고

어쩌다 희로애락 꽃 피고 지니
허망하고 무정구나 인생사 곡소리

동짓달 긴긴밤에 흘린 한숨은
별빛만큼 아삭한 열두 달을 살라 먹고

가슴 가슴 회한의 통곡은
숱한 나날의 잉여가 되어 숯이 되었다

세월아 그랬어라

숯 같은 인생은 초췌한 고독의 늪에서
지게 같은 삶 한 마리 나비 날아올라

동트는 새벽하늘 헐헐 나래 위에
광망 한 새날을 싣고 고살 풀이 춤을 춘다

도깨비방망이 같은 삶
두 손 모두어 애절히 노래하고 노래한다

아 봄은 아직도 먼데 꽃은 피니
사람아 서러워 마라 진종일 꿈속일진대

시인 김선목

#목차

#시낭송 QR 코드
제 목 : 가을 사랑
시낭송 : 박순애

시집 <그대가 있어 행복합니다>

#프로필

경기 화성 출생
대한문학세계 시부문 등단
(사)창작문학예술인협의회 회원
대한문인협회 정회원
대한창작문예대학 지도교수

#시작노트

사랑을 남긴 가을날!

젊은 날이 그리운
희망을 안고
꿈길 따라 바람 따라나선
가을날!

고추잠자리 맴도는 강가에서
내 맘의 갈잎 편지를 띄웁니다.

漢江 / 김선목

멈춘 듯 흐르누나
맴돌다 떠나누나
한줄기 요람의 결
한바탕 요동의 결
결결이 빛나는 물결
수심 따라 가누나.

가을 사랑 / 김선목

햇살에 베인 붉은 수수밭 들녘에
사랑을 남기고 떠난 소나기!
갈잎에 물들어 아롱진 사랑 이야기
산을 넘어 강물로 흐릅니다.

강가에 노을 지면 오시려나
꿈길에서 만나려나
기러기 울고 간 자리엔
그리운 별빛만 반짝입니다.

젊은 날이 그리운 희망을 안고
꿈길 따라 바람 따라나선 가을날
고추잠자리 맴도는 강가에서
내 맘의 갈잎 편지를 띄웁니다.

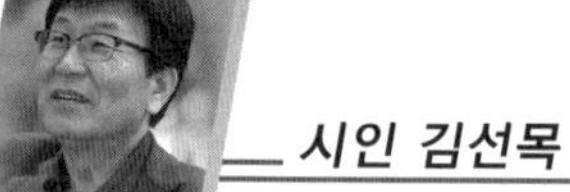

그대가 있어 행복합니다 / 김선목

내 마음에 품어야 할 사람 때문에
나도 모르게 마음이 아파집니다.

혼자서 해야 할 일 너무 많아
때로는 나 자신이 쉬어야만 할 때
당신의 사랑 숲에 이상의 나래 펴고
진정 웃을 수 있어 행복합니다.

내 어깨에 기대는 사람 때문에
나도 모르게 마음이 무겁습니다

혼자서 감당할 일 너무 많아
때로는 어려움을 잊어야만 할 때
당신의 팔베개에 현실의 나래 펴고
편히 기댈 수 있어 행복합니다.

가곡 작시

그리운 어머니 / 김선목

찔레꽃 향기로운
내 고향 오솔길
아침 햇살 한 아름
안겨올 때면

내 맘에 피어나는
어머니 생각에
그리워 그리워서
먼 하늘 바라보며

어머니, 어머니,
어머니를 불러봅니다
보고 싶은
나의 어머니……,

그리움이 밀려오는
달빛 고운 밤
소쩍새 우는 소리에
애절한 마음

가슴에 밀려오는
어머니 생각에
보고 싶고 보고 싶어서
저 먼 달을 보며

어머니, 어머니,
어머니를 불러봅니다
보고 싶은
나의 어머니……,

〈가곡작시〉

바람의 끝 / 김선목

한뉘를 애오라지 가시버시로 살아야 하는
갈라진 떡잎 같은 두 마음에
바위틈 샘물 같은 꽃을 피운 사랑은
거룩한 믿음이었다.

두 마음을 한 꺼풀씩 벗기는 단꿈으로
싱둥한 어미의 서른 해는
어느덧 귀염둥이를 끌어안고 부뵈는
풀솜할머니가 되었다.

할머니 눈꼬리를 잡고 버둥거리던
응석꾸러기의 발그림자는 달음박질치고
흐르는 샘물 같은 아내바라기는
덧없이 흐르고 흘러 늙어간다.

머리끝부터 발끝까지 내린 하얀 믿음일까
할미꽃으로 다시 필 까닭인가
다시 태어나도 그 자리에 피겠다는 지어미는
마지막 바람의 꽃이다.

백지 / 김선목

티 없이 맑고 고운
속없는 나신에
자유로운 영혼이
애무한 흔적을
한 마리 학의 춤사위로
흑백을 채색해 담는다.

옛날이여 / 김선목

눈보라 울음소리에 언 가슴을 열어주고
봄, 여름, 가을을 흐르고 흘러도
마르지 않는 내 맘의 옹달샘
벌거숭이 녀석들을 기다리는 샘터에
개구쟁이 그리움을 물수제비 뜬다.

풀잎 이슬에 발길 젖으며 어깨를 맞대고
가던 길 뒤돌아 마주 보던 벗들이
꿈길 따라, 삶의 길 찾아
옹달샘을 떠나던 그때는
외로움도, 그리움도 만남에 묻어야 했다.

어버이 사랑이 배인 시골집
텅 빈 빨랫줄에 널린 피붙이 생각은
처마 도리 제비집에 옴살거리고
와스스 쏟아지는 가랑잎 같은
어머니 그리움이 우물가를 에돈다.

벗이여! 푸나무서리 옛길은
기다림에 지친 거미줄에 걸려 외따로고
어버이의 그지없는 마음은
솔 내 가득한 집터서리 대추나무에
가없는 사랑으로 걸려있다.

이런 사람이 좋다 / 김선목

밤하늘 허공 속에서 마주치는
눈빛과 달빛의 만남이
말없이 허물없이 빛나듯
이심전심 눈빛으로 통하는
그런 사람이면 좋겠다.

보고픈 마음에 살며시 고개 들면
살포시 떠오르는 얼굴들
웃음 지며 반겨주는
그런 사람이면 좋겠다.

그리운 마음에 살며시 바라보는
달을 품어준 호수의 포옹
그 깊고 넓은 감동이 흐르는
그런 사람이면 좋겠다.

달 기우는 그믐날에도
달 차오르는 보름날에도
마냥 웃는 정겨운 얼굴로
맑은 가슴 내어 주는 호수 같은
그런 사람이면 좋겠다.

으뜸 사랑 / 김선목

모르는 사람이 만남은 하늘의 뜻입니다
아버지와 어머니의 만남이 내림하여
아내와 나의 만남이 내림내림 합니다
어버이에게 아이들은 샛별이며
해와 달과 별의 만남은 거룩함입니다

아내와 나의 내림 샛별을 품어 살면서
하늘의 뜻을 먼빛 보듯 하다가
안갚음 하려 하니
마음눈 곱다시 베풀어 주신 사랑이
하늘 같아서
바라볼수록 거늑할 따름입니다

이젠 파뿌리 된 머리 매만지며
눈과 귀가 어두워지고
주름 골 합죽한 얼굴엔
검버섯만 늘어가는 어버이여
젊은 날의 꿈과
젊은 날의 사랑으로 살아온 날들처럼
아리따운 모습으로 곱살스럽게
오래오래 살면서 안받음 받으소서

언젠가 값진 눈물을 흘려야 한다면
한 줄기는 내 어머니이기 때문에
한 줄기는 내 아버지이기 때문에
여의며 흘려야 할 두 줄기 눈물일 것입니다

사랑 가운데 으뜸인 어버이의 사랑과
하늘의 뜻으로 어버이 만남을
기꺼이 여기며
저 하늘 끝에서 다시 태어나도
내 어버이 사랑의 씨앗으로 태어나
맏잡이가 되렵니다.

시인 김소월

#목차
1. 애모

한국 서정시의 기념비를 세운, 김소월 // 김소월(1902~1934)

본명은 김정식으로 평안북도 구성에서 태어났다. 정신병을 앓던 아버지 대신 광산업을 하던 할아버지 밑에서 부유하게 자랐다. 김소월은 일제 강점기에 서양시가 아닌 민족의 한과 향토성 짙은 시를 써서 한국의 대표 시인으로 불리고 있다. 김소월의 등단 시는 1920년에 발표된 '낭인의 봄', '야의 우적', '오과의 읍', '그리워' 등이 '창조'지에 발표되었다.
1922년 배재고등학교에 진학하면서부터 '개벽'을 무대로 활약했다. 이 무렵에 '진달래꽃', '엄마야 누나야', '개여울', '금잔디' 등이 발표되었다. 그 밖에도 '예전에 미처 몰랐어요', '못잊어 생각이 나겠지요', '자나 깨나 앉으나 서나' 등을 발표하였다.
1924년에는 인간과 자연을 같은 차원으로 여기는 동양적인 사상이 깃든 영원한 명시 '산유화', '밭고랑', '생과 사' 등이 차례로 발표된다. 우리에게 잘 알려진 '진달래꽃'은 1925년에 그의 유일한 시집으로 매문사에서 간행되었다. 동아일보사 지국을 경영·운영하다가 실패를 맛본다. 그 후 실의에 빠져 술로 전전한다. 33세 되던 1934년 12월에 부인과 함께 술을 마신 뒤 이튿날 음독자살한 모습으로 발견된다. 5,6년 남짓한 짧은 문단생활을 했지만 그의 시는 154편에 이르는 명시를 써서 시혼(詩魂)을 남겼다.
7·5조의 정형률이 들어가 한국의 전통적인 한을 노래한 시인이라고 평가받는다. 향토성과 전통적인 서정을 노래한 그의 시는 노래로도 불러져 오늘날까지도 독자들한테 많은 사랑을 받고 있다.

[네이버 지식백과에서 인용]

애모 / 김소월

왜 아니 오시나요
영창에는 달빛, 매화꽃에
그림자는 산란히 휘젓는데
아이, 눈 깍 감고 요대로 잠을 들자

저 멀리 들리는 것
봄철의 밀물 소리
물나라의 영롱한 구중궁궐, 궁궐의 오요한 곳

잠 못 드는 용녀의 춤과 노래,
봄철의 밀물 소리

어두운 가슴 속의 구석구석
환연한 거울 속에 봄 구름 잠긴 곳에
소슬비 나리며 달무리 둘려라
이대도록 왜 아니 오시나요
왜 아니 오시나요

시인 김영주

#프로필

대한문학세계 시 부문 등단
(사)창작문학예술인협의회 회원
대한문인협회 부산지회 기획국장
대한창작문예대학 졸업
문화예술 지도자 대상

#시작노트

남아있는 아쉬움 소중했던 시간
떠오르며 스쳐 갑니다.
코로나19로 힘든 날
만남마저 자유롭지 않으니
그리움을 남기고
이루지 못한 아쉬움과
잊을 수 없는 기억은 남겨져
힘든 날에 고운 정 주시는 분들
마음에 새겨보며 깊이 감사드립니다.
아쉬움으로 남겨지는 날들
마무리 잘하시며
좋은 인연으로 계속 이어졌으면 합니다.
건강하시고 늘 행복하시기 바랍니다.

#목차

#시낭송 QR 코드
제 목 : 애수
시낭송 : 최명자

시집 <너에게 띄우는 하얀 편지>

가을 그리움 / 김영주

가을이 깊어가면 너와 나
귓가에 들려오는 낙엽의 소리
기억은 저만치 세월을 건너고

차분히 내려앉는 모습
애틋한 가슴 되어
흘러가는 시간이 무정도 하여라

서로가 공존하며 살아가는 세상
낙엽을 밟으며
그 추억은 발밑에 흩어지는데

소리 없이 깊숙이 스미는
절실한 그리움 하나가
아린 가슴으로 바람을 싣고 파고든다.

그리움으로 피우는 향기 / 김영주

한줄기 스미는 빛 속에
희망에 대한 그리움은 외로운 꽃에서
솟아나는 향기인가

서산에 해는 기우는데 뚝 끊어진 인연에
그리움이란 다리를 놓고
무소식에 하루가 지나간다

거센 바람이 부는 언덕
먹구름이 몰려와 흔들리는 꽃 되어
살기 위해 본능적으로 움츠려 기도했지

햇살 속에 함께했던 사랑
기억하고 싶은 건 당신이라는 그 실체
소중하게 남겨진 추억

곱고 아름다운 꽃이지만
흔들리던 꽃도 기다림이 차면
추억으로 살아가

언제까지 추억이 지속할지
미래는 모르지만 그리움으로 피우는 향기
꽃잎 떨구는 날 그 흔들림은 사라지겠지.

당당하게 / 김영주

차가운 바람이 볼에 스친다
몽환에 몸은 울부짖고
기다리는 그리움은 사무쳐진다
조용히 두 눈을 감아본다
이 순간 지나면 언제 올까

긴 여정 무엇이 안타까워
이처럼 오래 머묾인가
기우는 달 아래 도시의 형상
그리움이 밀려왔다 가면
한동안 고개 떨구고
슬픈 음악에 입술을 적시고

오늘만 슬픈 잔으로
목을 적시고 힘을 내자
슬픔은 싫다 기쁨만을 찾자
밝아오는 내일로 위로하자
당당하게 다시 기운 내고
어깨 펴고 내일을 맞이하리.

피우지 못한 꿈의 길 / 김영주

아직 자라지 못한 꿈은
그리움으로 자라나
밤을 맞이하려는 불빛으로 남아
시간에 머무르고

새벽까지 뒤흔드는 센바람에
쉼 없이 흔들리는 잎새
눈시울 적시는 몽환으로 다가와
쓸쓸한 유리창을 두드리네

계절은 다른 모습으로
심한 울림을 주는 듯하니
어둠의 순간을 꿈은 느껴야 하나
이 그리움의 끝은 어디인가

세월은 축지법으로 가려 하니
어길 수 없는 순리 앞에 떨어지는 꽃잎
그리움에서 자라난 꿈의 열매는
곱게 잘 영글 수는 있으려나!

두 모티브의 형상은 무엇인가! / 김영주

한 모티브의 주체로 두 형상을 하고
무와 유가 머무르는 모든 내내
알아가면 갈수록 변하는 것과
알아 갈수록 변하지 않는 것이 존재하는 듯

변하는 것은 신출귀몰하여
자신의 간교함으로 늘 변화를 주고
자신의 존재와 부각을 시시각각 변화를
알리기에 절묘한 수단을 드리운다

변하지 않는 것은 늘 꾸준한 형태가 되어
어떠한 순간과 시각에서도
배려하려는 안정적 형태가 되어
늘 다정한 느낌으로 다가오는 것인가

착한 성향의 선을 나쁘게 표현을 하고
악한 성향의 형태 구성을 실현하여
포장하며 좋게 표현하고
즐겨 보려는 생각에 두렵다고 할까나

천지 우주의 공간 만물 틈에서
상반된 성향을 띠고 서로가 대립 각하며
그 자체를 이어가며 존재하려는 모티브의 형상
우리의 참 다운 형태는 어떠한 생각을 하는가!

길목에 지쳐 머물 때 / 김영주

길목 뿌연 밤안개가 끼고
어두운 밤하늘
생각과 마음에서
공허함이 허공에 머물 때

스쳐 간 시간 머물던 미소가
가려진 달빛과 별빛에
한 영혼이 멈춰 선 자리
콧날이 시큰거린다

먼 길 사랑해야 했지만
상처의 몸을 지탱하며
서성이며 가다가
멈춰 선 자리 길목 어귀

짐 내리고 털썩 주저앉아
가슴을 펴고 한숨 몰아쉴 때
한 줄기 바람 다가와서 달래주네
잠시 쉬어가라고

바람 바람은 누가 보내었을까
고마워 고마워라
내 잠시 쉬었다가 다시 힘내고
가야 하는 길 가리다.

삶이 주는 선물 / 김영주

밝은 햇살을 보면
왠지 좋은 일이 다가올 것 같아
소망했던 느낌이 떠올라

한순간 어둠이 찾아와
그 밝음이 사라져
두려움에 눈물이 났지

하지만 내일이면
새로운 모습의 태양을 만나
나는 바라볼 수 있잖아

기다리는 시간이
때로는 고독을 붙잡고
긴 외로움을 준다 해도

나에게 볼 수 있는 눈이 있어
희망을 바라볼 수 있기에
나 견디며 살아갈 거야

행복은
사랑과 함께 마음에서 솟아나는
옹달샘 같은 청아 수와 같아

죽을 만큼 힘든 시간도
과거라는 시간으로 묻히기에
내일이면 나는 다시 웃는 거야.

애수 / 김영주

세월의 파도는 흐느끼듯
하얀 포말이 바람을 품어
아파한 계절을 밀쳐 낸다

지고 있는 노을에
설움은 밀려와
너의 모습이 보고 싶다

사랑하는 이여
밀려오는 물결 따라
그대 속삭임이 들린다

물결은 넘실거려도
긴 세월 만날 수 없는 시간
난 네가 그리워

쓸쓸한 해변 한 모퉁이
지우지 못한 소라의 노래가
내 가슴에 눈물을 가져간다

실바람 이는 날이 오면
그대 오시려나
꽃바람 부는 날이 오면
그대 오시려나.

길 따라 바람 따라 / 김영주

꿈을 놓아야만 한 삶의 진통
긴긴날 스치는 바람 소리에도
서러워 잠들지 못하였다

참다가 견디지 못하는 날
덩그러니 하늘을 바라보며
하염없이 울었다

내뱉지 못하는 그 아픔이 커
심장 깊숙이 파도로 다가와
숨결마저 쉴 틈을 주지 않았지

세월을 삼키며 가는 시간
태양이 내미는 날을 기다리며
피워 내야만 하는 것을 그린다

언제 어디 어떤 형태로
가까이 머물지 알 수 없지만
함께 할 수 있는 길을 가리라

마음 부여잡고 간절함으로
길 따라 바람 따라가다 보면
고운 그 빛은 가까이와 있을 테죠.

내 생의 연리지 / 김영주

계절과 살아가는 생이
연리지 형태처럼 익어 가듯
마음에 생각이 함께하니
어제보다는 오늘은
더 많은 기쁨을 채워야지

숲길을 거닌다
수많은 생각의 모티브가
스치듯 꽃잎에 매달려
계절 바람을 타고
내 마음을 흔들고 있다

자연과 저 화려한 꽃마저
연리지 마냥 피우기 위해
차가운 계절을 보내고
비바람 맞아가며
한순간 꽃을 피우는 것

지금 마스크를 쓰고
반쪽으로 지나가는 날이
서러움처럼 다가와도
그 언젠가 인내로 피워내는
기쁨의 날은 반드시 오리라.

시인 김혜정

#목차

#시낭송 QR 코드
제 목 : 장미의 향기
시낭송 : 박순애

제3시집 〈돌아보는 시선 끝에는〉

#프로필

2004년 대한문학세계 시 부문 등단
(사)창작문학예술인협의회 부이사장
대한창작문예대학 지도 교수
시낭송가 인증서 취득
한국문학 문학대상 외 다수 수상
〈저서〉
제1시집 "어떤 모퉁이를 돌다"
제2시집 "먼, 그래서 더 먼"
제3시집 "돌아보는 시선 끝에는"
〈동인〉
명인명시 특선시인선, 들꽃처럼 1,2,3,4
대한창작문예대학 제6기 졸업 작품집
"동반의 여정" 외 다수

#시작노트

지금 내 앞에 꿈처럼
머물고 있는 별은
어느 날 바람이 놓친 눈빛으로
그리움의 휘파람을 불어
다시 꽃을 피워내고 있습니다.
-시 〈꽃의 인연〉 중에서-

장미의 향기 / 김혜정

깊숙이 숨겨 둔 비밀을 벗겨내듯
겹겹이 쌓인 붉은 꽃잎을
한 장 한 장 떼어 바람에 날린다

긴 세월 속에 묻어 두었던
가슴 시린 넋두리들이 붉은 영혼이 되어
세상 밖으로 흩어진다

지그시 눈을 감고 추억 속에 젖어든다.
바람에 흩어졌던 붉은 꽃잎들이
차디찬 미련처럼
진한 그리움으로 다시 살아난다

억겁의 세월을 돌고 돌며
활활 타오르는 불꽃으로
삶의 여백을 아름답게 채웠을
그 향기를 떨리는 가슴으로 만져본다.

그대와 탱고 / 김혜정

석양이 어둠을 껴안고
세상에 젖어 들면
외로운 길 헤매던 고독이
낯선 불빛의 창을 열고
무언의 손짓을 합니다.

어디선가 본 듯한
그대 모습 닮은 창백한 불빛
그 뒤에 감추어진 우울함
외면하고 돌아서기엔
쓸쓸함이 짙어 현악기를 켜듯
내 가슴에 활을 세우고
그대와 마주합니다

온밤을 삼킬 듯
흔들리는 음악 속에서
그대 나의 매혹적인 몸놀림은
희미한 별빛 따라 젖어 들고
새벽 여명 속 애절한 선율로 피어납니다

꽃의 인연 / 김혜정

삶의 모퉁이 돌고 도는
적막한 꿈 외로운 길 위에서
비틀거릴 때
눈시울 끝에 가만히 올라앉은
꽃의 향기를 봅니다.

비틀거리던 젊은 시절의 꿈이
흔들릴 때마다 흘린 눈물이
꽃의 향기로 피어 나와
고요한 향기로 손을 잡습니다.

지금 내 앞에 꿈처럼
머물고 있는 별은
어느 날 바람이 놓친 눈빛으로
그리움의 휘파람을 불어
다시 꽃을 피워내고 있습니다.

하얀 꿈 / 김혜정

새롭게 펼쳐진 머나먼 길
뜨거운 삶의 수레 위에
두근거리는 가슴으로
하얀 꿈을 소복이 담아 본다

끝이 아닌 시작
설렘보다 두려움이 앞설지라도
뒤로 물러서지 않는
용기 있는 삶을 하늘 향해
꿈꾸어 본다

때로는
모진 바람 불어와도
달콤한 삶의 날들이
먼 언덕 위에서 별이 되어
빛날 그날을 위해
뜨거운 입술로 희망을 노래한다

하얀 민들레 / 김혜정

바람이 나폴나폴 춤을 춘다
구름도 하늘하늘 춤을 춘다

땅 위에 낮게 엎드린 하얀 민들레
한 계절 내내 곱게 품었던 연정
한올한올 홀씨로 풀어
길 없는 길을 떠나 하늘 향해 날아오른다

바람이 머무르는 곳
구름이 꽃으로 피어나는 곳
그대 사랑이 살아 숨 쉬는 그곳에
한 떨기 꽃이 되어 스민다

나를 위한 연가 / 김혜정

먼 어둠 속에서
소란스러운 눈으로
노려보는 눈빛의 번득거림이
서늘하다.

블랙홀에 빠진 듯
끝끝내 헤어날 수 없을지도
모르는 두려움 같은 것
그것이 무엇인지 나는 알지 못한다.

다만, 어둠의 터널 속에 갇혀
서늘한 눈빛의 번득거림과
마주 보고 있어도
결코 놓을 수 없는 한 가지
그것은 나를 향해 손짓하는 희망이다.

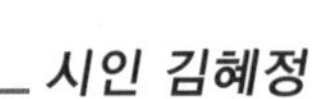

너의 존재 / 김혜정

너의 오묘하고 신비스러움
내 마음에 고요함으로 담고
밤새 잠 못 이루며 뒤척이던 날

너는 세상 그 무엇보다도
소중한 언어가 되어
나의 곁에서 삶의 일부가 되었지

많은 세월 흘렀어도
너는 아련한 기억 속에 남아 있는
내 핑크빛 첫사랑 같은 수줍음이란다.

불신 / 김혜정

길이 어슥하다
꾸불꾸불 미로를 걷다 만난
블랙홀에 빠진 생각은
허우적거릴수록 더 깊이 빠져드는
헤어날 수 없는 진흙탕 늪이다

깊은 어둠 속에 갇혀
한 줄기 빛이라도 잡으려
발버둥쳐 보지만
겁먹은 두 눈에 잡혀 오는 것은
또아리를 배배 틀고 앉아
낼름거리는 뱀의 혓바닥뿐이다.

사랑 별곡 / 김혜정

푸르고 깊은 밤
이슬 밟으며 술렁이는 바람의 소리
먼 꿈길에서 들려오는
별의 속삭임인 줄 알았지.

희미한 여명이
동녘 하늘에 고요히 스며들고
밝아오는 빛의 재잘거림은
선잠 깬 내 귓가에 쉼 없이
사랑을 노래하라 하는데

몇 날 며칠
마법의 주문을 외우듯
계속되는 별의 속삭임은
무지갯빛 내 사랑을
아름답게 채워 달라는
투정 어린 그대 목소리였어

도시의 여름 / 김혜정

이글거리는 태양 속에
기대선 도시는
뜨거운 열기로 숨 막힌 듯
가쁜 숨을 몰아쉬고

눅눅한 바람의 술렁거림 속에
흔들리는 잎새의 가녀린 몸짓
회색 아지랑이 따라
차가운 현기증을 일으키며
기운을 잃고 헤맨다.

하얀 수의를 걸치고
시체처럼 누워버린 뿌연 도시를
사나운 맹수의 얼굴로
자유롭게 유영하는 태양의 낯선 분노

가만히 등 떠밀어 보내야 하는
해의 서글픈 그림자를 껴안고서야
도시의 여름이 황혼을 베고 눕는다.

시인 김희영

#프로필

대한문학세계 시, 수필 부문 등단
(사)창작문학예술인협의회 이사
대한문인협회 정회원
짧은 시 짓기 대상 수상
순우리말 글짓기 대상 수상

#시작노트

때로는 말할 수 없는 일들도 글로써 표현할 수 있고 마음에 가득하고 싶은 이야기도 풀어 놓으면 활자로 나타나는 시를 읽어보면서 인생에서 잊지 못할 행복을 느낍니다

사랑과 희망 그리고 이별과 슬픔까지도 대신 표현해 주는 문학이 좋아서 책을 읽고 나만의 이야기로 남기고 싶습니다

시와 사랑에 빠지면서 삶을 뒤돌아보았고, 앞으로의 세상을 꿈꾸며, 누군가에게 희망이 되고 꿈을 줄 수 있다면 노력해 볼 만하기에 문학의 길을 가고 있습니다

#목차

#시낭송 QR 코드
제 목 : 봄날의 사랑
시낭송 : 박영애

시집 <시간 속에 갇힌 여백>

그리움이 머무는 곳 / 김희영

고산천 따라 걷는 숲길
고단한 삶의 뒤란길에
바람이 절뚝이며 따라오고
텅 빈 외로움으로 파고드는
애처로운 산새 소리에
잃어버린 그리운 사람 하나
세월을 거슬러 가슴 속으로 파고든다.

거칠고 힘겨운 삶의 여정에서
잃어버리고 사는 것이 그리운 사람뿐이랴
간절했던 젊은 날의 꿈도 떠나보내고
애절하게 사랑했던 그 마음도 떠나보내고
그저 내일의 행복을 향해
미친 듯이 시간의 흐름에 나를 가두고
행복한 미래를 꿈꾸며 오늘을 희생한
피비린내 나는 인생
지금 이 순간의 행복을 즐길 때 비로소
내일의 행복도 내 것인 것을

속절없이 푸르게 돋았다가
아침 이슬처럼 홀연히 사라져버린
아스라이 먼 그리움
지친 육신은 커피 향의 향기로움에
스르르 녹아내리고
차창 밖 흔들리는 꽃향기에
그리운 사람 하나
가슴으로 스며든다.

기다림 / 김희영

한 방울의 빗줄기로 오시렵니까
타는 목마름
모세혈관도 말라버린
메마른 가지에
따뜻한 생명의 단비로 오시렵니까

햇살 한 줌으로 오시렵니까
빛을 잃어버린 회색 도시의
가녀린 호흡
목숨 빛깔의 햇살로
그대는 오시렵니까

한 송이 꽃망울로 오시렵니까
잃어버린 계절의 틈새에서
빛도 생명도 다 타인이 되어버린
싸늘한 어둠 속에서
향기 앞세운 꽃망울로
그대 오시렵니까

그대 오시려거든

봄빛 가득한 꽃향기로 오십시오

그대 오시려거든

봄바람 비를 품은

생명의 물줄기로 오십시오

향기롭지 않아도 괜찮습니다

화려하지 않아도 좋습니다

그대가 곁에서 숨 쉰다는 것만으로도

행복이라는 것을 이젠 압니다

기나긴 기다림도

숨죽인 어둠 속에서

한 줄기 희망이 되어

그리운 당신이 됩니다.

봄날愛(봄날의 사랑) / 김희영

오랜 기다림은
서러운 그리움이 되고
스치듯 불어오는 바람에
당신의 향기 그윽합니다.

살갗 에이는 칼바람에도
매화는 피어나는데
꽃그늘 아래 별꽃은
어둠에서도 피어나는데
당신은 바람으로 머물러
향기만 남기고 보이지 않습니다.

햇살 그윽한 양지
뒤뜰 오동나무에 꽃등 밝히고
하염없는 기다림에 별을 헤아려 보건만
꽃등 하나둘 스러져
태양의 빛으로 뜨겁던 날에도
당신은 시드는 꽃잎으로 저무는
그리움일 뿐 보이지 않습니다.

손 내밀면 닿을듯하지만 닿지 않고
한 발짝 다가서면 다가갈 수 있는듯하지만
다가갈 수 없는 머나먼 곳
그리움의 춤사위는
오늘도 당신을 향해
붉게 물드는 노을이 됩니다.

차마 채우지 못한 서러운 정
하얗게 퇴색된 기다림이 됩니다.

사월의 그리움 (어머니 산소에서) / 김희영

언 땅에 빗물이 내려선 곳에
여린 파랑 잎 내민 산자락 기슭
터진 울음 속 그리움 담긴
아득히 슬픈 사월의 어느 날
그리 연하지도 그리 아프지도 않은
투명 비가 내려 한참을 울었다
사월 어디쯤 봄으로 적신 대지였는지

겨울의 강이었는지 하늘 가까운
흰옷을 입고 한참을 울고 간다
그래서일까 사월 어디쯤
시린 마음도 잠 못 들도록
사월의 비가 뒤숭숭하게
한참을 내려서
가는 사월이 맞을 거야

생존 (바이러스와의 전쟁) / 김희영

옷장 안 양복 소매 끝에
닳아 해어진 틈새로
무엇인가 내 안에서
툭
끊어진 소리

갇혀있는 퇴색한 빛깔들이
밤하늘에 우울함을 꽉 채울 만큼
숫자는 불어나 계단을 오르고
묶인 육신에 매달려
옴짝달싹하지 못하는 사유의 끈

보이지 않는 공포에
오늘마저 입을 가리고
어제의 수다스러운 일상이
추억의 바다에서
허우적거리며 희망을 꿈꾸지만
내 안으로 되돌아오는
무거운 입김에
내일도 무력해지는 멍멍함

푸른 신호등은 새롭게 출발하고
얽매이지 않는 오늘의 빛깔들이
옷장을 벗어나 마음껏 날 수 있는
자유를 위해
오늘도 일상의 옷장에
자물쇠를 채운다.

시인이 된다는 것 / 김희영

오랫동안 갈고 닦고 길이 빛나도록 엄청난 노력 끝에
행운이 온다는 것 내가 알고 있었는데
"당신도 시인이 될 수 있다"라는 책을 읽고 용기를 얻었습니다
배움을 주시는 앞선 스승님의 가르침을 받는다는 것
행운이고 축복입니다.
때로는 말할 수 없는 일들도 글로써 표현할 수 있고
마음에 가득한 하고 싶은 이야기도 풀어 놓을 수 있으며
인쇄돼서 활자로 나타나는 시를 읽어보면서
인생에서 잊지 못할 아름다운 미덕을 지닌
인격 높은 스승님을 만나는 인연도 참 묘미입니다
노력하고 날마다 생각이 새로워져서
아름다운 시인의 노래로 찬미합니다
남은 날들을 남들과 어우러지는 화합과 질서와 조화 속에서
영원토록 계수하는 날들이 많아지기를 기도합니다

일편단심 / 김희영

가슴 깊은 곳에
간직한 그리움 하나
삼백예순 날이
무수히 지나도
불꽃은 스러지지 않고
밤새도록 기나긴
사랑의 편지를 쓴다.

잡으려 손 내밀면
한 발짝 물러나고
허공의 손짓은
공허한 몸부림으로
손끝에 맴도는 언어를
흩날려 버리는 허무한 밤들

한줄기 호흡에도
줄달음치며 달아나는
아름다운 단어가
그대 이름이
붙여지는 그날까지
밤새도록 기나긴
사랑의 편지를 쓴다.

내 것이 아닌 것을 향한
열망의 갈구는
오늘도 하얀 여백 위에
미완성의 언어로 남아
타들어 가는 내 가슴에
붉게 타오른다.

참된 사랑 / 김희영

대가 없는
사랑을 하게 하소서
보상 없이 섬기는
마음이게 하소서
알아주지 않더라도
고난의 길 가게 하소서

나를 잃어 그를 위로하며
나를 쏟아 축복게 하소서

나그네 길에 슬픔 많이 참으며
참된 대가를 지불하고
부당한 고통 당하여도
원망하지 않고
주어진 길 가게 하소서

비참하고 외롭더라도
동정이나 도움 구하지 않고
앞길이 얼마나 남았는지 몰라도
뒤돌아보지 않고 나가며
생명 샘물이 되게 하소서

** 워치만니 작사 찬송가 인용*

시인 남원자

#목차

#시낭송 QR 코드
제 목 : 떠나는 가을
시낭송 : 김락호

공저 <2021 명인명시 특선시인선>

#프로필

경기 광주 거주
대한문학세계 시 부문 등단
(사)창작문학예술인협의회 회원
대한문인협회 경기지회 정회원
2021 명인명시 특선시인선 선정

#시작노트

가을이 깊어가고 있습니다
가을이 참 이쁘게
물들어가고 있습니다
그래서 낙엽을 줍는 시인,
낙엽을 물들이는 시인
사계절 추억을 찾아
아름다운 시를 쓰는
시인이 되고 싶습니다
시를 쓰는 것은 독자들에게
즐거움을 주고, 행복을 주고
희망을 찾아주는
독자들에게 사랑받는
시인이 되고 싶습니다
대한문인협회 김락호 이사장님과 함께
하신 시인님들께도
감사의 마음을 전합니다

봄 바람 / 남원자

창밖은 어두운 안개 속
뿌연 연기 자욱하게 깔리고
하루의 시작은
안개와 함께 출발합니다

안개가 걷히고 해님이 반짝
새롭게 피어난 햇살 아래
목련꽃 환하게 웃으며
반갑게 인사를 합니다

살랑살랑 불어오는 봄바람
나뭇가지에 매달려 있고

까치둥지를 찾아 이리저리
날아서 이동합니다

봄바람에 실려 오는
기쁜 소식 전하려 까치가
아침부터 깍깍 노래 불러줍니다.

쓸쓸한 가로수 / 남원자

가로수에 늘어뜨린 예쁜 꽃길
그 길을 따라 추억을 만들고
흔적을 남긴다

분홍 드레스 입고 웃으며
너울너울 춤을 추고
어서 오라고 손짓을 한다

반겨 주는 이도 없고
사랑 해 주는 이 없어도
여전히 춤을 춘다

언덕 위에 노랗게 핀 개나리
서로서로 어깨동무를 하고
라일락꽃 아름다운 향기로
유혹을 한다

인적 없는 쓸쓸한 거리에는
사회적 거리두기로 폐쇄된 길가엔
입을 막고 아무도 웃지 않는다.

웨딩촬영 하는 날 / 남원자

네가 태어날 때는
세상을 다 얻은 것이었고
우리들의 기쁨이었다

첫 돌을 차릴 때는
왕관 쓰고 용포를 입고
부자 될 돈을 잡았지

유치원 보낼 때는
아침부터 줄을 서서
로또 당첨 기다렸다

대학교를 졸업하고
군대를 입대할 땐 너무 멋졌어
전역을 하고 사회에 나와서
멋지게 새 출발을 했지

이제 부모의 둥지를 떠나
며느리의 남편이 되는구나
웨딩 촬영 사진을 보니
백마 탄 왕자와 천사 같았어!

떠나는 가을 / 남원자

푸르고 푸른 너를 보았을 때
항상 싱그럽고 푸르스름할 줄 알았지
가을바람 소슬하게 불어오니
붉은 옷을 갈아입는구나

나도 너처럼
늘 청춘인 줄 알았는데
청춘을 데려간 세월이 야속하다
순리대로 한세월 또 살아봐야지

세월을 따라가다 보니
육신은 사위어 갔어도
아직도 뜨거운 내 가슴은
이팔청춘 붉은 단심이라네

온 산을 무대 삼아
울긋불긋 색동옷 갈아입고
술에 취한 듯 춤을 추는
단풍아 너는 참 예쁘구나

가을이 떠나기 전에
내 소식 좀 전해다오
흰 눈이 내리는 겨울에
교정에서 우리 만나자고

내 마음의 무지개 / 남원자

황산벌에서 말굽의 흙먼지가 되어
황량한 하늘이 울렁거린다

갈색 길 파란 마음 먹구름을 외면하고
열정의 불꽃축제 고갯길 고갯마루
오랜만에 보는 아름다움

초록색 마을을 불길에 던진다면
비상하여 파란 하늘에 올라가서
봄 빛깔 빗길에 온갖 봄꽃들이 손잡고

너도나도 이제 시작이다
흐트러진 내 마음에 무지개 뜬다.

당신을 사랑합니다 / 남원자

아침에 눈 떴을 때 함께 한
그대가 있어 좋아요

향긋한 모닝커피를 마시고
하루를 같이 할 수 있는 당신

서로 마주 보고 눈빛만 보아도
사랑의 화살표를 봅니다

당신을 사랑합니다
저 하늘의 별만큼 하늘만큼

그대가 내 곁을 지켜 주어서
내 마음은 맑은 호수요
잔잔한 파도입니다.

고요함 속에 나 / 남원자

모두가 잠든 고요한 밤에
개구리 울어대는 소리 구슬프다
엄마 찾느라고 울어대는 영혼의 소리인가

낮에는 들리지 않던 문 여닫는 소리
고요한 밤에 잘도 들리고 있다

삐거덕삐거덕 뭐가 맞지 않는 것일까
소리가 들린다
적막함이 흐른다

멀리서 개 짖는 소리
고양이 짝 찾는 소리 야옹야옹
이웃사촌들의 웃음소리까지 들린다

검은 하늘에 두둥실 떠 있는 달님
옆에 반짝반짝 빛나는 별님과 함께
나를 꿈나라로 안내하고 있구나!

해를 보며 / 남원자

영롱하게 떠오르는 해
새벽잠을 깨우게 하고
카메라 셔터를 눌러 너를 안았다

이 순간을
영원히 간직하고 싶지만
너는 더 뜨겁게 강렬한 눈빛으로
세상을 밝히고 있구나

뜨겁지만, 오늘을 잡고 싶은
간절한 소망일까?
놓치고 싶지 않은 이 순간
카메라에 고이 담았다

영롱하게 떠 오르는 너
밤새도록 지구를 돌면서
무슨 생각을 했을까

엄동설한 무풍 한설
세찬 바람도 잠재우고
따뜻하게 다가온 너
너와 함께 시작하는 하루가 축복이다.

인생 여정 / 남원자

기나긴 터널 속에서 헤매다
길을 찾아 떠나는 인생 여행길
꽃길을 찾아 떠나는 길은 행복합니다

높은 산에 오르막길도 걸어 보고
내리막길도 걸어 보았다
사람이 살아가면서 평탄한 길만
있으면 사는 의미가 없을 것입니다

지나간 세월 주마등처럼 흘러
구름 속에 두둥실 떠 있는 조각배
하얀 조각배에 꿈 보따리 싣고서
인생 여정을 떠나 봅니다

저 파란 하늘 어디쯤
반짝반짝 빛나는 별 찾아
새가 되어 훨훨 날아서
인생 여정 떠나 봅니다.

백일홍 / 남원자

꽃씨 하나 심었지
사랑의 붉은 꽃씨
물주고 사랑 주고

초록색 저고리 입고
잎새에 또 그 위에 마주 보고
포개고 포개 빌딩 위에 집 짓고

잘 자라준 너를 위해
백일동안 기도했어
순결을 지켜달라고

어느새 우리 곁에
성큼 다가온 여름 향기
짙어가는 계절에

빨갛게 노랗게 분홍색으로
곱게 피어나는 백일홍
너의 활짝 웃는 모습에
입이 떡 벌어지고 말았다

우리의 마음속에
사랑을 심어 준 너

시인 박기만

#프로필

광주광역시 거주
대한문학세계 시 부문 등단
2016년 향토문학상 수상
2019년 올해의 시인상 수상
(사)창작문학예술인협의회 회원
대한문인협회 광주전남지회 정회원

#시작노트

좋은 시를 쓰는 일은 힘든 일이다.
누구나 한 편의 시를 쓰기 위해서는
속되지 않으며 마음과 혼에 감동을 주어야
비로소 한편의 노래가 터지는데
이 시가 많은 이들에게 감동을 주며
감격하고 기뻐서 절로 따라 노래하기까지는
방황하며 절망하는 가슴과
영혼이 망가지는 슬픈 고통 속에서
외로운 고독의 세월을 버티어 낸 것이다.
그토록 절규하던 노래가
언젠가 먼 훗날 샤론의 꽃향기 온 누리에 퍼져
춤추며 참 기쁨을 누리라고
오늘도 조리개로 물을 뿌려 본다.

#목차

#시낭송 QR 코드
제 목 : 그렇게 사랑했어요
시낭송 : 최명자

공저 <2021 현대시와 인물 사전>

봄 소식 / 박기만

매화꽃 만발한
정원의 벤치에 앉아
나 그대에게 편지를 쓰노라

순결한 매화 향기처럼
나의 순정 어린 마음을 담은
편지를 보내노라

엄동설한도 견디어 내고
겨울의 끝자락에 매화꽃을 피워내니
봄이 옴을 알려주는구나

봄이 오니 희망이 가득하듯이
내 가슴에도
기쁨으로 활짝 피어나겠지

이 몸도 아린 가슴 부여잡고
그윽한 매화 향기 가득 담은
내 맘을 보내오니

그대 오시려나
그대가 오시면 봄이 오겠지!

가을의 길목에서 / 박기만

산천을 바라보니
시리도록 파란 하늘
울긋불긋 오색 단풍 물결
가을은 깊어만 가고

고뇌하는 인생길에
사색과 동행하는
가을이 있기에
삶이 더 외롭지 않나 싶네요

가을이 깊어 가면
밤하늘에 별들도
함께하고픔에 더욱더
반짝거리고

별빛이 앞장서서
길 밝혀주며
바람이 어둠을
쓸어내리면

고독한 가슴에도
환한 아침이 안겨
사랑을 꿈꾸는
새날은 곱기만 하겠지!

능소화 / 박기만

어쩌지요
제 마음이
담을 넘었군요

지나는 발걸음 소리에
임 그리며
살짝 넘겨다 본다는 것이 그만

꽃이 피고 지던 그 날에도
하늘 끝에 매어 달린 양
그리움은

뭉게구름 떠가듯 조각들이
송이송이 맺히어 못내,
뜨거운 여름 꽃으로 피고 났네요

간절한 그리움
얼마나 애타는 기다림이던가
이제나저제나
오가는 발길따라
귀 기울이며 담을 넘네요

길게 늘어뜨린 그리움
꽃이 사위어갈 때
꽃 되어 담겨진 마음
함께 사그러질까 두려움도
길어집니다.

늦가을 / 박기만

소리 없이 와서
야위어가는 잎을 흔든다

바람에 못 이겨
떨어지는 나뭇잎에
조용한 호수가 출렁인다

어디로 가야 하나
물길 찾을 수 없는데
약속한 바람은
자꾸만 가라는데

구름 사이로
얼굴 내밀고 방긋 웃는
달빛은
나를 보고 그냥
머물다 가라지만

재촉하는 바람도
온유한 달빛도
나뭇잎이 조용히
서걱이며 울고 있는 줄은
아마도 모르겠지요

그렇게 사랑했어요 / 박기만

오늘도
그렇게 사랑했지요

떨어지는 낙엽 소리에도
당신의 발걸음 같아
뒤돌아보곤
이내
눈시울을 붉히며
망연히 바라보곤 했지요

오늘도
그렇게 사랑했어요

형형색색의 파노라마가 펼쳐지는
자연의 대장관 앞에
추억도 고독도
숨을 멈추며
그대 모습 보이는 것 같아
돌아가기가 아쉬운 하루였어요

낙엽 그리고 가을비
고독한 가슴엔 또 그렇게 스쳐 가네요

청춘 / 박기만

청춘!
듣기만 하여도
가슴이 설렌다

사랑!
생각만 하여도
온몸이 뜨거워진다

청춘의 가슴에
사랑의 꽃을 달면
달에도 가고 별에도 가겠지

떨어지는
나뭇잎 소리에서
연인의 발걸음 소리를 느끼고

흘러가는
하늘의 구름을 보며
사랑하는 임의 미소를 느낄 때

청춘은
꿈같은 행복 속에
더없는 사랑으로 가득하네!

첫눈 / 박기만

긴긴밤 지새워
기다린 사람이 있나요

뜬눈으로 날 새워
만나기를 고대한 적 있나요

어느 날
그 사람이 불쑥 찾아와

나를 놀라게 해
붙안고 눈물 흘려 본 적이 있나요

첫눈이
그토록 사랑했던 임처럼

반가움으로
설레는 것은

아직도 내 가슴엔
그대 사랑이 숨 쉬고 있나 봐요

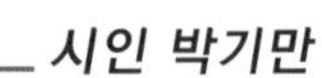

목련이 피기까지 / 박기만

그대는 들리는가
목련의 속살 터지는 소리를

추운 겨울 수줍은 듯
털모자 깊이 눌러쓰고
그대에게 살며시 다가와
환한 미소 지으면
그 모습조차 고귀하여
그대는 넋을 잃으리

그대는 듣는가?
목련의 정결한 웃음소리를

화창한 봄날
목련꽃이 활짝 핀 나무 아래에서
그대의 편지를 읽는 소녀의
미소를 보노라면
어느 것이 꽃이고
어느 것이 미소인지
그대는 넋을 잃으리.

목련이 피기까지 기다린 봄날에...

석별 / 박기만

길고도 짧은 우정
손끝에서 멀어지니 마음으로 아파지네
깊은 밤 홀로 지새우는 향불조차 애처롭구나

친구여, 우리
이 밤이 지나면 우리의 만남도 기약이 없으니
이별을 할 때만이라도 서두르지 마세나

다만 이 밤이 지고서
쉬이 날 밝을까 두려우니
어찌 빈 술잔 채우기를 마다하리

내일이면 세상 속으로
그렇게 휩쓸려 알아서들 헤어질 텐데
동지섣달 긴 밤에
못다 한 이야기나 다 풀어보세나

그냥 / 박기만

오늘처럼 맑고 청명한 날엔
당신이 보고 싶어요
왜냐고 묻지를 마세요
그냥 보고 싶어요

종일토록 비가 내린다
이런 날엔 당신이 그리워요
왜냐고 묻지를 마세요
그냥 그리워요

산과 들에 벚꽃이 피니
내 마음에도 꽃이 피었나
당신을 사랑하고 있나 봐요
왜냐고 묻지를 마세요
그냥 사랑해요

오늘
나 외롭다
눈물이 난다
왜냐고 묻지를 마세요
그냥 외로워서 눈물이 나네요

그냥
당신이 그립고
당신이 보고 싶어서
그냥 부르는 애달픈 목소리다.

시인 박기숙

#목차

#시낭송 QR 코드
제 목 : 그리운 친구여!
시낭송 : 박순애

시집 <기다림이 머문 자리>

#프로필

경기 수원 거주
좋은문학창작예술인협회 시, 수필 등단,
작가상 수상
(사)창작문학예술인협의회 회원
대한문인협회 정회원

#시작노트

푸른 높디높은 하늘을 보다가 잠시 시상에 잠긴다

더욱더 시어의 좋은 열매를 낚아야 할 텐데...

세상은 장미꽃이 뿌려진 평탄 대로만 있는 게 아니지

때로는 험한 가시 밭길도 있겠지

그러하기에 나는 오늘 가방을
둘러메고 대자연의 숲속으로
시어 낚시를 떠난다.

어느 여인의 죽음 / 박기숙

여인아, 여인아!
내가 사랑하는 여인아!

어제 본 네가 오늘 죽다니
하나님도 너무 무심하구나

울음도 비통함도 가슴을 쓸어 울리는구나

이건 진실이 아니야, 믿을
수 없는 일이야

고생만 하다간 그녀가 너무
불쌍해 하늘을 우러러
통곡을 한다

안타까운 내 마음 어디다 하소연하오리까
그대 모습 찾아도 그대는 간 곳이 없고 저 들판에는
노란 들국화만이 바람 따라 고개를 젓는다.

춤추는 할아버지 / 박기숙

다람쥐 공원에는 춤추며
운동하시는 할아버지가 계신다

대학 시절에는 응원단장을 하셨단다
지금도 하루도 안 빠지는
멋쟁이 신사다

어찌 보면 어린아이같이 순수하시고
즐거워하시는 모습은 우리가 모두 닮아야 할
인생의 선구자이신 것 같다

오늘도 빨간 단풍잎에 곱게 인사를 하시며
흥겨운 목소리로 노세 노세 젊어서 노세 늙어지면 못노나니
힘차게 명창을 하신다.

만석공원 / 박기숙

곱게 단풍으로 치장한 만석공원은 규모도 크지만
모든 운동 시설과 문화 시설도 수원에서 우위를 차지하는
시민들의 휴양지고 운동하기 좋은 뛰어난 공원이라고
자타가 공인하는 바이다

항상 와 보면 많은 사람이 함께
줄을 지어 질서 있게 공원 트랙을 활보한다

중앙의 호수에는 하얀 거위와 오리, 백조들이 노닐고
호반의 물결들은 푸른빛 파도와 윤슬이
햇빛에 반짝이며 평화의 비둘기와 참새들도 호반 위를
힘차게 날아다닌다

이 아름다운 만석공원은 수원 시민의 자랑스러운 휴양지며
생동감 넘치는 운동가들의 원천의 근원지라 할 수 있다.

환희의 순간 / 박기숙

광야 농원에서 호미를 쥐고
열심히 고구마를 캔다

앗차! 고구마를 찍어서 하얀
속살이 하얗게 드러난다

어머니의 불호령이 떨어진다
다시금 고구마를 가장자리를
살살 정성 들여 판다

그 순간 빨간 열매들이 주렁주렁 많이도 달렸다
이 순간이야말로 진정한 의미의 환희 순간이다
모든 농부의 수확 기쁨이요, 결실의 자랑이다.

황금 물결 들녘에서 / 박기숙

넓은 광야에 길과 논밭을 감싸 안은 황금 물결은
바람 따라 빗물 따라 이리 저리로 춤을 추는구나

눈이 시리도록 빛나는 곡식들은 농부들에게
환희의 신비로운 열매를 주고
열락의 첫 생명을 잉태하는
고귀한 보배로운 양식을 제공한다

수확의 기쁨의 계절인 가을에는 온 누리에
은혜와 축복의 열매를 담아 온 세상이
황금 물결로 넘쳐나기를 두 손 모아 빌어본다.

산등성이 고갯길 / 박기숙

산등성이 고갯길을 나 혼자 걸어간다
벌목 당한 소나무들이 산 위에서 이리저리 굴러다니고 있다

비로봉 정상을 향하여 있는 힘을 다하여 지팡이를
짚고 꼬불꼬불한 좁은 길을 걸어간다

포기하지 말자고 혼자 굳게 다짐하며
산등성이 고갯길을 올라가고 있다

다시 한번 두 다리와 두 팔에 힘을 주고 정상을 향해
열심히 산행을 하고 있다

어디선가 산 뻐꾸기가
뻐꾹 뻐꾹 노래를 한다.

행군하는 기쁨 / 박기숙

여럿이서 행군하는 기쁨은
직접 해 보아야 그 맛을 알 수 있다.

홀로 걷는 것은 외롭고 쓸쓸하지만, 함께 걷는 것은
분위기도 좋고 정답게 이야기하며 마음에 맞는
친구는 자식보다 훨씬 낫다

어려운 시기라도 매일같이 취미를 함께 하며
음악 활동을 조금이라도 하면 더욱더
새로운 하루를 활기차게 용기 있게 살아가겠지

앞으로는 취미가 같은 분들과 함께 더욱더
음악 활동을 해야겠다고 마음으로 다짐을 해본다.

아! 가을인가? / 박기숙

앞에서는 빨간 단풍잎이 곱게
온 산하를 물들이고 이곳저곳에는 푸른 소나무들이
어깨동무하고 곳대 높게 우뚝우뚝 하늘을 우러르고
떠받들고 서 있다

아! 가을이 재빠르게 여름날에
폭염을 밀쳐내고 선선한 가을바람을 싣고 와서 총천연색의
시네마를 연출하고 있구나

대자연이 미의 천사를 불러서
가을의 정취를 이토록 황홀하게 만들었는가보다

과거는 지나간 추억이요,
미래는 오지 않은 시간이니
이제 인생의 삶이 가장 중요한
시간이 현재인 오늘이니
오늘 이 순간 가을을 즐겁게 기쁜 마음으로 보내야겠다.

그리운 친구여! / 박기숙

내가 가장 사랑하는 친구여!
지금은 어디에서 무엇을 하고 있는가? 너무나도 보고 싶구나!

소식 몰라 안타까운 내 마음
학창 시절의 젊은 친구여
잘 있는지 궁금하여 소식 물어본다

산천이 몇십 년 몇 번이 흘러 머리에는
하얀 이슬 꽃이 피었단다

아무리 생각해도 죽기 전에 한번 보고 싶지만
소식 모르니 안타까울 뿐이구나

서로가 만나지 못하고 살아가지만
더욱더 건강하고 하나님이 부르시는 그날까지
열심히 살아가기를 바라며
만수무강을 두 손 모아 기도한다.

아가페 사랑 / 박기숙

사랑은 아무나 하나요?
사랑을 계속 변함없이 하려면
서로의 관계를 유지하기 위해서 진실하게 관계 개선에
힘써서 노력해야겠지요

사랑은 마주 보는 것이 아니라
두 손 꼭 잡고 같은 목표 달성을 위해 열심히 일해서
성공했을 때의 기쁨을 함께 누리라는 것이 진실한
아가페 사랑이라는 것이랍니다

진실한 사랑을 위해 우리는 서로서로 헌신적인 사랑을
베풀어야 하겠습니다.

시인 박미향

#프로필

대한문학세계 시 부문 등단
대한문인협회 경지회 정회원
수원문인협회 회원
시문회 회원

#시작노트

코로나19의 시대가 어느새 2년이 흘러가는데 좋아질 기색은 안 보이고 사업도 시원찮아 요즘은 손주 아이 돌보고 요양보호사로 간간이 일하며 어르신 봉사에 시간이 잘 지나가네요
때마침 명인 특선 시인선을 모집하여 이렇게 좋은 특선시인선에 오랜만에 동참하게 되어 감사드립니다

#목차

#시낭송 QR 코드
제 목 : 어머니
시낭송 : 조한직

시집 <산 그림자>

가족 / 박미향

보이지 않는 믿음 고리

두 손을 맞잡고 있는 동안

눈에 보이지 않아도

사랑의 밀어 속삭이지 않아도

마음 한 자락 넉넉한 그림자로 깔아두면

때론

아옹다옹 투덜거림도 다 그리워지는 법

서로의 발자국을 찾아 밟고 가다 보면

소리 없이 읽히는 땀내 절은 등짝

가족을 위해 모든 것을 내주는 순간

두려움보다는 한 아름 가득한 행복.

한가위 명절 / 박미향

비말이 침투된다고 야단이네
아름답고 즐거운 시간을 어디서 찾나
온 가족이 모여 이야기보따리를 풀고
가족의 건강과 인생의 전환점을 보며
한바탕 웃음꽃을 피울 시간
오가는 인파들의 푸념 좋은 시장이
한산하기만 하네
2년여 동안 비말에 휩싸인 채
온 가족 나들이 한번 못 하고 지냈고
혼자 살 길이라고 떠드는 매스컴
이 어려운 역경이 언제 지날까
올가을 한가위 명절은 너무 쓸쓸해
세상 살아가는 길이 험하고 무섭구나.

한 마리 새 / 박미향

산등성이 호젓한 길목에
사뿐히 걸터앉아
잔잔한 호수를 바라보며
인생의 굴곡이야 새옹지마
떠도는 방랑길 오랜 세월
이젠 편하게 뱃놀이하며
나머지 인생 채우고 싶다
요단강 바라보는 세월이
자꾸만 짧아지는구나
혼자 외로운 인생아
무엇을 바라며 한숨 짓지 말라
세월 이기는 장사 없더라.

마스크 시대 / 박미향

원하지 않고 뜻하지 않은
바이러스 침투
긴 시간 동안 잠재우지 못했다
향기도 냄새도 보이지도 않는 것이
스토커처럼 뒷조사하는 걸까
세상을 흔들며 따라다닌다
얼마를 기다려야 떨어져 갈까
영원히 독감처럼 달고 살까
버릴 수 없다면 가지고 놀자
시대를 초월하는 신세계 바이러스
공중을 회전하며 떠도는 비말
21세기 공간이 위태롭다
도약하는 세월을 멈추는 잠재력
서로를 밀고 당기며
거리 두기 생활에 갇혀 버렸다
아름다운 삶의 시대로
활기찬 미래를 꿈꾸는 날이
빨리 왔으면 좋겠다.

산행 / 박미향

기쁨의 경지
겨우내 숨 쉬고 있던 시간
봄이란 단어가 밖으로 나가라 한다
강원의 골짜기는 새 삶의 원동력
아름다운 임이 기다리고 있어 좋다
야생에 몸을 맡기면 얻어지는 순간
눈앞이 아찔하다가도 힘이 솟는다
봄부터 가을까지 내게 주어진 하루
심마니의 삶에 활력 보강 소다
신기한 산삼의 경지는 아무도 모른다
내 것이 아니면 절대 보여주시지 않으니까.

비 오는 날의 수채화 / 박미향

낭랑 18세도 아닌데 가슴이 뛴다
빗속을 질주하는 버스
물안개 산으로 피어오른다
감성이 모인 예술가의 자리
너도, 나도 모두 한 자락 깔고 놀자
정지용 문학관과 생가
초가지붕이 정겹다
육영수 여사 생가
구수한 한옥의 멋이 흐른다
정감이 넘치는 하루
뭐든 망설임 없이 뛰어드는 기질
예술가들의 잔치에 앙코르가 튄다
멋진 날에 그림을 가슴에 깊이 묻자.

봄 / 박미향

산과 들에 노란 옷 빨간 옷 파란 옷
알록달록 무지개가 피네요
방실방실 우리 아가 옷도
노랑 병아리 빨간 딸기
무지개 옷들이 춤을 추네요.

어머니 / 박미향

아름드리만 한 돌덩이
두 개를 포개 놓았다
어린 시절 어머니와 마주 앉아
동그랗고 조그만 구멍 속
퉁퉁 불은 콩을 한 움큼 집어넣고
좌우로 쓱쓱 돌리면
콩이 부서져 하얀 눈물 흘린다

겨울이면 두부에 도토리묵까지
야참의 비밀무기다
시골집이 마실 거리가 된 집
밤낮으로 노름에 눈먼 사람들 시중
어머니는 쉴 날이 없으셨다

덕분에 맛난 과자 사탕 아이스크림
원 없이 먹었던 시절
맷돌질에 팔이 아프셔도
성냄도 아니하신 어머니
살만하니 돌아가신 지금의 현실
세월 지나 어머니가 그리워
무성한 세월 탓만 하고

나이 들어 할머니 되니
지난 추억 떠올려
애잔한 어머니 모습 그려본다.

곰배령 / 박미향

곰배령 드라마에 빠지다
바람 소리 맑은 하늘
사랑이 있고 삶의 향기가 있다

사계절의 신비로운 향기
봄 여름 가을에는 수많은 꽃
겨울에는 눈 덮인 아름다운 환상의 늪

사람들의 희로애락이 숨 쉬고
아옹다옹 움켜쥐며 싸우는 삶
향긋한 그리움처럼 가슴에 묻힌다

라떼는 말이야
이 말처럼 지난 추억 속에
사무친 그리움으로 눈물을 글썽이면서도 자꾸만 보게 된다

시골 냄새나는 그리움
고향의 추억을 물들이며
인생을 생각하며 만들어 가는 삶
서로서로 보듬어 주고
아껴주는 마음 하나뿐이다.

사량도 / 박미향

추억이 물든 남쪽
지리산 칼바위 가메봉 옥녀봉
20년 전의 추억이 가슴을 후빈다
멋모르고 산행하던 젊은 날의 추억

이슬비 맞던 사량도 지리 망산
발목이 삐끗해 퉁퉁 부어서도 완주
그 시절엔 자연이 숨 쉬고 있었는데
지금은 말끔하게 계단을 만들었다
같은 길을 걸으며 추억을 찾는다

기웃기웃 5시간의 여정이 스멀대고
직벽의 그리움도 사람들 발자취에
뾰족바위도 무뎌진 세월
통통 뱃길을 가로질러
또 한 번의 추억 여행이 기억 저편에
사무칠 것이다.

시인 박상현

#목차

#시낭송 QR 코드
제 목 : 봄꽃
시낭송 : 최명자

공저 <2021 현대시와 인물 사전>

#프로필

대한문학세계 시 부문 등단
(사)창작문학예술인협의회 회원
대한문인협회 서울지회 정회원
2020 명인명시 특선시인선 선정
2021 명인명시 특선시인선 선정
현대시와 인물 사전 선정

#시작노트

찔레꽃 아래 숨어 피어나는 앉은뱅이 꽃잎을 바라보며 나의 작은 별 하나를 심어 놓았습니다
계절을 물어 나르는 새들의 날갯짓 속에서도 계절의 징검다리가 되는 별들의 이름을 불러봅니다
거창하게 한 해의 계획을 소망하지 않았지만 하루하루의 발걸음의 무게는 깊은 기도 속에 마무리를 합니다
물안개를 속을 흐르는 강물처럼 살아가고 싶습니다
어둠을 허물고 솟아오르는 태양의 열정이고 싶습니다
누군가의 허물어진 희망에 작은 지팡이 하나 되어줄 수 있다면 나는 당신의 작은 앉은뱅이꽃으로 피어날 것입니다.

진달래꽃 / 박상현

양지바른 곳 분홍빛 꽃대 오르면

벼 익어가는 소리처럼

부스럭거리는 바람이 참새들의

날갯짓에서 돋아난다

어머니 소쿠리에 분홍빛 쌀밥이

눈물로 쌓여갑니다

눈물로 담긴 분홍빛 쌀밥

한 움큼 입속에 넣고 오물거리면 보랏빛

달콤함이 가난한 밥상에 내려앉는다

봄 별처럼 피어나는 진달래꽃

분홍빛 불꽃 들불처럼 번져가면

소쿠리에 가득 담겨가는 엄마의 슬픈 노랫소리

산허리에 검은 멍이 툭툭 떨어진다

통통한 햇살을 안고 눈을 감는다

선홍빛 진달래 꽃잎에 하루를 잊고 내려오는 길

마을 굴뚝마다 내려앉은 가난

개구리울음소리만이 풍년으로 가득찬다

첫눈 / 박상현

오늘 밤일까?
내일 아침일까?
사뿐사뿐 내려와 빈 가지마다
흰 마음 내려놓는 목화솜 같은
첫눈을 기다려봅니다

서리꽃 핀 자리마다
꽃비처럼 내려앉는 첫눈을 기다려봅니다

손톱 끝에 남아있는 붉은 봉숭아 꽃물 같은 기다림이
봄 햇살처럼 빛나게 내리는 첫눈을 기다려봅니다

가을꽃향기로 달려오는 당신 미소 사이로
사륵사륵 내려오는 바이올린 선율 같은
첫눈을 기다려봅니다

나는 하얀 감꽃 같은 첫눈을 마중 나가기 위해
청보리밭 같은 마음을 안고
손톱 끝마다 매달린 봉숭아 꽃물의
첫 마음을 기다려봅니다

시인 박상현

겨울 염전 / 박상현

차디찬 햇살이 소금 알갱이처럼
살얼음 낀 염전 밭을 뒹굴거리고
바다를 퍼올리던 수차엔 끈기 잃은
빈 거미줄만이 고단한 하루를 흔들고 있다

가난을 밀어내던 대패질에
개망초꽃 닮은 소금꽃이 달빛에 서럽게 비추던 밤
흰 새는 발자국만을 남긴 채 바다로 날아갔다

불꽃같은 대지의 하품으로
희디흰 눈물꽃 피워내던 염전엔
갯 망둥어, 쌀게 마저 떠나버리고
빈 바람만이 쓸쓸히 바다를 바라보고 있다

붉은 해당화 꽃잎을 태우고 태워
고단한 어깨 짐에 쌀알 같은 하얀 꽃잎이
달빛에 춤추던 여름 염전을
가느다란 햇살만이 바람구멍으로
드나드는 소금창고에서 겨울 염전은 기억하고 있다

삐비꽃 / 박상현

한평생 가난이 무거워 허리가 반은 굽어
한 마리 감자꽃나비 되어 훨훨 날아가신
할머니 메뚱
아버지는 서럽고 서러워
흙을 고봉밥처럼 얹고 얹었네

양지바른 곳 잔디
한 삽 한 삽 떠다 고명처럼 두른 메뚱
서럽도록 찬란한 햇살 속에
삐비꽃 피었네

이밥 실컷 드시라 속울음 삼킨
아버지 어깨는
바람 속에서 삐비꽃처럼 흔들렸다

유채꽃 / 박상현

나의 봄은 아직 저 멀리 서성거릴 때
당신의 봄은 이미 나의 겨울을 노랗게 물들였네요
어머니 손끝에 버무려진 나물 속에서도
쟁반 가득 노란 꽃물이 뚝뚝 떨어지고 있습니다

차디찬 달빛마저도
노랗게 물들이고 마는 유채꽃의 춤사위
봄은 어느새 노랗게 타올라 발등 위에
번져갑니다

보리밭길 사이로 꿈꾸듯 날아가는 바람 속에서
당신의 노란 꽃잎들이 겨울의 마지막 눈송이 속에서
슬프게 흔들리고 있습니다

박태기나무 꽃 / 박상현

박태기나무 꽃그늘 아래 노파가 바지를 내린다
청춘을 내려버린 부끄러움 앞에
박태기나무 꽃이 부끄러워 붉게 물들인다

노파의 시들어버린 청춘에
작디작은 흔적을 붉은 꽃잎이 감추고 있다

도라지꽃 닮은 노파의 젊은 날이
칡 순처럼 기다란 그림자를 남기고
마른 연밭의 꺾인 꽃대처럼 깊은 석양을 걸어간다

노파의 하얀 적삼이 박태기나무 꽃향기 속에서
한 마리 나비 되어 슬픈 연꽃을 피우고 있다

봄꽃 / 박상현

아린 손끝으로 내려오는 봄
베토벤의 운명처럼 어느 쌀쌀한 아침
마른 가지를 뚫고 일어서는 봄입니다

낙엽 밟는 소리 끝으로
동그란 모자를 창공에 벗어던지는 봄꽃입니다

마루 끝에 걸터앉은 햇살이 어지러워
꽃들은 아롱아롱 피어나고
비탈진 곳 흙 무너져내리는 봄비 소리에
슬픈 꽃이 잠 못 이루는 밤입니다

아픈 첫사랑을 안고 화르르 꽃물을 담은 꽃잎이
아지랑이 속에서 잔기침을 합니다

오월 / 박상현

에메랄드빛으로 가득한 들판 속엔
꽃망울 터뜨리는 소리 가득하고
저수지마다 물 내리는 소리에 논둑길
민들레들은 꽃춤을 춘다

오월의 짙은 안갯속에 장끼 우는 소리
어머니의 고단한 밭고랑엔 감자꽃이 피어나고
밭둑마다 늘어진 아까시 꽃잎마다 윙윙 거리는 꿀벌들이
장터처럼 바쁘다

잠 못 이루게 시끄러운 논 개구리울음소리
밤새 저수지 물을 첨벙거리는 붕어, 잉어들의 산란의 고통에
떨어져 간 비늘이 살점처럼 아픈 오월
보리밭에 바람이 보리 춤을 춘 자리엔 아까시꽃향이 가득하다

오월의 등꽃 아래 매달린 햇살들이
작은 꽃등불을 흔들어대는 오후
나는 오월의 꽃들을 그려보다 찔레꽃 가시 같은 아픔에
하얀 꽃잎 하나 허공에 날려본다

싸리꽃 / 박상현

윤슬처럼 어지럽게 빛나는 잎새마다
보랏빛 향기가 바람의 손을 붙들고 있다
아버지의 날 선 낫이 선홍빛 햇살을 베어 물면
이슬에 젖은 싸리꽃 향이 처마 밑 거미줄에 걸린다

무청처럼 다듬어 가지런히 누운
싸리꽃 속에서 흰나비가 꽃분을 털어내고
황톳빛 마당을 흙먼지처럼 채우던 싸리 꽃향기가
돌멩이에 미끄러져 뒹굴고 있다

첫눈처럼 흩어지는 싸리 꽃향기가
봉숭아 꽃잎 속에서 첫 설렘을 기다리고
싸리꽃 한 줌이 어머니의 밥상 위에
별님으로 올라와 있다

어떤 날 그리움 / 박상현

어떤 날
문득 그리움이란 그림자가 탱자 가시처럼
명치끝에 박힙니다
엉겅퀴꽃에 매달린 끈적임 같은 세월 속에 속절없는 그리움이
버즘나무 껍질처럼 한 겹 한 겹 벗겨 나갑니다

어떤 날
눈송이처럼 떨어지는 깨꽃이 서러워 밭고랑에 누워
바라본 하늘엔 옛 그림자들이 하늘 속에서 뛰어다니고 있습니
다
골목마다 뛰어다니다 보니 깨복쟁이 친구 집
하얀 목련꽃이 툭툭 떨어지고 있네요

어떤 날
꽈리 속에 숨바꼭질처럼 숨겨 지나온 어슴푸레한 그리움이
호박꽃 속 반딧불 연등불 되어 가슴속에서
하나둘씩 피어오르고 있습니다

시인 박영애

#프로필

충북 보은군 거주
대한문학세계 시 부문 등단
(사)창작문학예술인협의회 부이사장
대한문인협회 부회장
시인, 시낭송가, MC
대한창작문예대학 시창작과 교수
대한문학세계 심사위원
대한문인협회 금주의 시 선정위원장
시낭송 교육 지도교수
(전)대한시낭송가협회 회장
대한시낭송가협회 명예회장
문화예술 종합방송 아트TV
'명인명시를 찾아서' MC

#시작노트

솜털처럼 여린 사랑을
하얀 그리움에 사랑으로
바람이 실어 나르면
내 마음도 덩달아
사랑을 실어 나른다.

-시 '민들레 날다' 중에서

#목차

#시낭송 QR 코드
제 목 : 첫눈 내리던 날
시낭송 : 박영애

시낭송 모음 9집 <명시 언어로 남다>

첫눈 내리던 날 / 박영애

우연인지 필연인지
처음 연락하던 그때도 그랬다

아마도 우리의 연결 고리는
일기예보로 시작된 것인지도 모른다

화창하다가 소낙비가 내리기도 하고
쌩한 칼바람이 불다가도 훈풍으로 다가오고
때로는 천둥 번개가 쳐 가슴을 쓸어내리기도 하지만
그러면서 미운 정 고운 정 엉켜
어느새 마음 깊숙이 모든 것이 녹아들었다

첫눈 내리는 오늘
무심코 카메라 셔터를 누르면서
잊고 있던 그 설렘의 시간을 담았다

당신에게 보내는 순수하고 떨리던 첫 마음을.

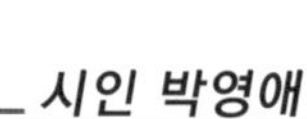

내 생애 첫 열매 나의 딸 소혜 / 박영애

첫사랑
첫 경험
너와의 시작은 늘 처음이다
무수히 많은 시간이 흘러도 항상 처음 출발선이다

네가 내게로 와 결실을 맺을 때까지 사랑으로 너를 품었고
이 세상에 태어나던 날 그 위대한 엄마라는 명칭을 얻게 되었지만
부족함 많은 엄마여서 네가 고생 많이 했다

그 작은 몸에 손가락 열 개 발가락 열 개가
꼼지락꼼지락 움직이는 것도 신기했고
처음 옹알이를 하면서 엄마 아빠를 부를 때는
온 세상 부러울 것 없이 행복했다

첫 이가 나고 또 첫 이가 빠져 새 이가 나올 때
걸음마를 떼고 제법 달리기를 잘할 때쯤
쿵쾅거리는 가슴을 안고
너를 학교에 보내면서 학부모라는 명칭을 새로이 선물 받았다
열정이 앞선 엄마의 기대 맞추느라 네가 참 고생했다

소중한 네가 찾아와 엄마라는 아빠라는 이름으로
그 어떤 값으로도 보상받을 수 없는 행복과 기쁨을 누렸고
때로는 그 기쁨만큼이나 함께 웃고 울기도 했다

어느덧 시간이 흘러
네 옆에는 엄마 아빠가 아닌
너를 사랑하고 아끼는 네가 사랑하는 이가 있다
하얀 순백의 드레스를 입고 이 자리에 서 있는 네가
너무나 사랑스럽고 예쁘다

이 시간이 지나면 내겐 또 다른 명패가 주어진다
아직은 어색한 장모님이라는 호칭, 사돈이라는 호칭
모든 것이 낯설지만
너 또한 그러리라 생각한다

꽃보다 아름답고 사랑스러운 딸아
지금 사랑하는 그 첫 마음
먹구름이 몰려오고 거친 바람이 불어도
더욱 단단해져 가고 지혜롭게 더불어 살아가는 네가 되길 기도한다

이젠 혼자가 아닌 부부라는 인연의 고리로 둘이 하나 되어
같은 곳을 바라보면서 서로 아끼며 사랑하고 또 사랑하면서
인생의 아름다운 동반자가 되어
행복의 동행이 되길 간절히 기도한다

첫 시작은 익숙하지 않지만
설렘과 기대감 무엇을 새롭게 할 수 있는 용기와 마음
꿈꿀 수 있는 희망이 있어 행복이다

사랑하는 딸
너는 내게 늘 꿈이었고 행복이었고 희망이었고 사랑이었다
사랑한다! 나의 딸 소혜야 그리고 내 사위 태진아!

희망 연가 / 박영애

아침을 열며
새들의 지저귀는 노래와 함께
묵었던 공기를 확 날려 버린다

희망을 들이 마시며
가만히 귀 기울여
봄이 오는 소리를 듣는다

봉긋봉긋 올라온 꽃망울과
눈 맞춤했다
곧 목련이 피려나 보다

이제
새롭게 단장한 빈 교실에도
시끌시끌 아이들 웃음꽃이 피어나겠지

기분 좋은 봄바람이 코끝을 스치며
교실 안을 가득 채운다.

감기 / 박영애

보이지 않게 조금씩 조금씩
감기 바이러스가 녹아들다
한순간에 훅 들어오듯
사랑도 그랬다

약을 먹어도 소용이 없고
아플 만큼 아픈 시간이 지나고
기다려야 낫는 감기처럼
이별의 아픔도 그랬다

사랑과 이별은
그렇게 찾아왔다

또 언제 다가올지 모르는 감기처럼.

어머니의 눈물 / 박영애

촛불로 어둠을 밝히던 유년
장난으로 내딛은 헛발질에
삶을 태워버린 불꽃은
어머니의 가슴도 활활 태웠다

까맣게 타버린 어머니의 심장이
불길 속 아이들을 향한 절규로
어둠을 때리고
허공에 던진 어머니의 처절함은
아이들의 그을린 숨소리에
빛으로 녹아 내렸다

어머니는
검은 연기 토해내는 날숨을 끌어안고
어둠을 밝히는 촛불로
세상 앞에 우뚝 섰다

심지가 까맣게 타 들어가
심장에 꽂힐 지라도
어둠을 밝히는 것은
어머니의 마음이리라.

가난한 시어 / 박영애

삶의 고뇌를 토해 낸다
생각의 열차는 간이역으로 떠나고
텅 빈 갱지에는
난삽한 언어만이 어지럽게 춤을 춘다

손 내밀면 멀어지는 언어는
허공을 떠돌고
까만 먹물로 내려앉은 언어는
내 것이 아닌 허상으로 가득하다

고요와 적막의 터널
어둠속에 허기진 언어
소리 내어 뱉어보지만
한 줄기 빛에 스러진다

순간의 삶도 승차하지 못하고
떠돌던 언어마저 하차해버린 간이역
허파를 파고드는 간절함만이
시린 종이에 파릿하게 앉았다

삶의 언어를 찾지 못한 열차는
애타는 갈증으로 밤새 기찻길을 떠돌고
굶주린 언어에 먹물은 까맣게 말라만 간다.
여명의 스러진 죽은 언어를 안고서...

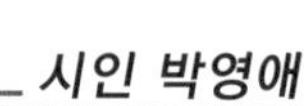

시인 박영애

시향에 삶을 누이고 / 박영애

컴퓨터 앞에 앉았다

습관처럼 손가락의 움직임은
어우러진 삶이 울려 퍼지는 곳으로 향해 있다

마음이 움직이는 데로
그 삶에 기댄 체 내어맡긴다

때로는 따뜻함에
지친 맘 위로받고

때로는 사무친 마음 담아
그리운 사랑도 전해주고

때로는 희망 가득 담아
환한 웃음 짓게도 한다

그러나

오늘은
종이에 스며든 잉크처럼 흐르는 눈물은
마음 깊이 얼룩진 흔적을 남긴다.

시인 박흥락

#목차

#시낭송 QR 코드
제 목 : 그리움의 나이테
시낭송 : 최명자

공저 <2017 대한문학세계 여름호>

#프로필

경북 군위 출생
제1공수 특전여단 제대
포항종합제철(POSCO) 근무
2017년 5월 대한문학세계 시 부문 등단
(사)창작문학예술인협의회 회원
대한문인협회 대구경북지회 정회원
2021년 8월 금주의 시 선정

#시작노트

봇짐 하나 둘러매고 산과 산사를 오르고 또 올라 육신을 힘들게 하여 생각 자체를 할 수 없을 만큼 걸었다.
서산 넘어가는 붉은 노을 따라 사라지고 싶어 그렇게 걸었다.
어느 날 내 나이 끝자락이 서산에 걸린 붉은 노을 같다고 느껴졌을 때 죽비 맞은 것처럼 정신이 번쩍 들었다
가슴속에 울화통을 바늘로 찌르고 찔러서 터트리듯이 속마음 하나하나 글로 써서 밖으로 내보이고 버리다가 보니 시가 되어 있었다.
이제는 시를 쓰기 위해 걷는다.

무지개는 님의 사랑 표시다 / 박흥락

비가 돌담을 때리는 소리가
님이 날 부르는 소리로 들리고

빗속을 헤집고 나온 바람이
볼을 스치면 님의 손길 같다

손에든 따뜻한 커피 속에
은은한 향기는 님의 향기 같다.

비가 오는 날이면 님이 그립고
비가 땅을 식히며 올라온 향기는
님의 품속 같다

비가 살포시 그치며 뜨는 무지개는
님이 보낸 사랑 표시다.

빈 잔으로 가을 채우네 / 박홍락

봄부터 빈 잔 들고 서성인다.

봄날에는 날아다니던 나비 한 마리
손잡이에 앉았다가 봄바람 따라 떠났고

여름에는 지나가던 소나기 한 방울
빈 잔 때리고 사라지네

가을엔 떨어지던 단풍잎 하나
빈 잔에 머리 박고 생각에 잠겼네!

빈 잔엔 가을만 한가득하고
가슴엔 그리움만 채워지네!

빈 잔으로 추억만 가슴에 가득 채우고
동면 준비하네!

촉촉이 젖어 드는 그리움 / 박흥락

비 올 때 웅덩이에 물 고이듯

그리움이 가슴 한쪽에 모이네

밀어낼수록 차오르는

밀물처럼 밀려와

그리움이

나를 넘치게 하네

가뭄에 논바닥에

벼 포기 말라 가듯

그대의

사랑은 말라 가는데

그리움은

이랑 따라 촉촉이 젖어 드는 물길처럼

내 가슴에

눈물만 남기네.

봄이 오면 / 박흥락

봄바람이
강바람 안고 솔바람 되어

산속 대웅전 처마 끝자락에
쉼 하며 봄을 전할 때

풍경 속 물고기 꼬리치면
온몸 떨며 울음 토해낸다

풍경소리
계곡 따라 너울너울 흐르면

진달래꽃 능선 따라
얼굴 붉히며 가슴에 안기네!

풍경소리 진달래꽃 향기 안고
살포시 그리움도 함께하네

이 봄에 비워진 가슴에
그리움이 꽉 차네요.

밤바다 / 박흥락

어둠이 내려앉아
수평선조차 보이지 않는

바닷가 백사장에
파도 소리 바람 소리만
귓전을 때린다

외로이 듣는 소리는
바다도 울고 바람도 운다

발밑에 백사장도
뽀드득뽀드득 울음 삼키는데

어둠 뚫고 내린 별빛만
살포시 가슴에 안기네!

별빛에 눈물 감추고 / 박흥락

늦은 밤 창가에 기대어
그대 그리워 두 눈 꼭 감으니

달빛이 어깨 위에
살포시 내려앉고

덩달아 별빛도
살포시 내려앉아

내 어깨
토닥토닥하네

오늘도 그대 대신
달빛 별빛이 토닥여줘

흐르는 눈물 달빛에 말리고
별빛에 감추어

그대 생각하며
배시시 입가에 미소 지으며
이 밤을 보낸다.

호수에 나를 담그고 / 박흥락

고요한 호수에
가을바람이 미끄러져 가네!

하늘이 호수에 빠졌는지
호수가 하늘을 품었는지

내 마음도
호수에 소리 없이 담근다.

산도 품고 가을도 품고
바람도 품고 세월도 품었네!

난!
그렇게 담그고 있다가

별 뜨면 두 손 모아
별 하나 따와야겠다.

가을엔 너덜너덜 걷자 / 박홍락

가을이 오면
가을 시구를 어깨에 늘어뜨리고

코스모스 하늘하늘 흔들리는
오솔길 따라

너덜너덜한 걸음으로
아주 느린 걸음으로 걷자

느려 뜰인 시구는
나보다 더 느린 걸음으로

멀찍이서 흙먼지 살포시
일으키며 따라오게끔.

가을비에 젖은 편지 / 박흥락

고운 편지지에
하트 하나 그려서

가을바람에 실어
편지 한 장 보냈는데

가을비에
다 젖었네!

젖은 편지 배달이나 될까?
그대 읽을 수 있을까?

가슴으로 보낸
편지인데 안 보여도

그대
가슴으로 읽겠지

그리움의 나이테 / 박흥락

아침 찬바람이 돌담 넘어
창문 두드리며 가슴으로 스며들 때

따스한 커피 한잔 손에 들고
커피의 따뜻함 속에 그대의 체온 찾아본다

이리 돌리며 잡아보고
저리 돌리며 입술 대어 보지만

어느 쪽에도
그대의 체온은 느껴지지 않고

가슴속에서는
그리움만 울컥울컥 올라온다.

올라오는 그리움 눌러 보려고
커피 한 모금 두 모금 넘겨 보지만

그리움의 나이테에 막혀
넘기지 못하고

나이테만 돌고 돌다가
그리움의 나이테 하나 더 만든다

시인 백승운

#프로필

현재 알에스오토메이션(주)
전략영업팀 이사 재직
대한문학세계 시 부문 등단
(사)창작문학예술인협의회 회원
대한문인협회 서울지회 사무국장
2019년, 2021년 지하철 승강장
안전문게시용 시 공모전 당선
2020년 명인명시 특선시인선 선정
2019년 위대한 한국인 대상 수상

#시작노트

봄이 오듯이 어려움이 사라진 세상에서
아름다움으로 피어나는 일상의 생활들
꿈틀대는 각성의 인격들이 행복으로 살아가는
멋진 세상 꿈꾸어 보며

은은한 풍경소리 처마 끝에서
열반으로 피어나는 불심처럼
깨끗하게 일어서는 희망
피어나는 아지랑이 해탈의 심정으로
다시 일어난다.

#목차

#시낭송 QR 코드
제 목 : 봄이 오는 용문사
시낭송 : 박순애

공저 <2021 현대시와 인물 사전>

가을 행복 / 백승운

가을은 내 마음을 투영하고
유리에 올려져 속속들이 해부를 한 후
세척을 한 것처럼 깨끗하다

온 세상 파랗거나 푸르거나
중간세상에 떠다니는 고추잠자리
빨간 글들이 가득 시를 쓰고
춤을 추며 웃고 있고

산달이 다 되어가는
대지의 임산부들
만족의 행복함이 세상 달콤하고
곧 아이들의 울음소리 넘치는데

밤을 이겨낸 안개 초롱초롱한 눈망울
빛 좋은 한낮의 풍경을 담아
세상 아름답고 행복하게
살찌워내며 웃음 흘린다.

고향의 봄소식 / 백승운

세상의 모든 소리도 잠들고
모든 움직임도 멈춰버린 침실
침대 모퉁이에 뽀얗게 쌓여있는 먼지
줄지어 서서 오랜 기다림의 시간을
잠식하는 멍한 주말 오후

꼬르륵 소리에
설핏 달려오는 풍경
시골집 한편에서 여물 먹는 황소의 눈망울
불어오는 봄바람에 신명 나서
파릇한 새싹의 싱그러움에
워낭소리 들판을 달린다

한쪽에서 쉬고 있던 지게 지고 논 가신 아버지
주막에서 도란도란 막걸리 한잔에 겨울을 풀어놓고
퍼석한 먼지 눌러쓴 바구니 들고
밭 가신 어머니 바쁜 손놀림
저녁 밥상에 올려질 냉이 찌개 구수하게
피어오르니

삐죽이 문 열고
봄이 기다려지는 기대감에
아롱아롱 아지랑이 멀리서 손짓하는데
감나무 끝에 달린 까치밥
달곰하게 녹아내며 반갑게
오라고 소식 전한다.

구절초 / 백승운

가을 친구들이
산으로 소풍을 가자고
손 내밀면

풍성한 향기 가득한
안개 속에서
하얀 얼굴 내밀고

부시시 일어나
흔들흔들 춤추는
구절초

달랑 도시락통에
깨끗한 하늘
파랗게 담아서

하얗게 자리 잡고
들강달강 오라고
꼬시는 몸짓에
따라나선다.

그대와 영원히 / 백승운

풍광이 마음을 잡아
가슴이 열리게 하는 것은
하나하나 살아 움직이는
변화의 시간을 가지기 때문입니다

사진이나 그림이나
한순간 한 장면을
똑같이 담고 그려도
마음을 담아내지 못하면
한낱 종이에 담긴 선이고

서쪽 하늘 위로
산을 물들이며 넘어가는
아름다운 석양이 없다면
그 불타는 정열의 뜨거운
숨결을 알지 못하는 것

내가 살아있다는 것은
그대와 함께 있고 싶은 절실함과
그대를 생각하는 마음이
한순간이 아닌 영원한 사랑의
뜨거운 갈망임을

사랑하는 임이시여
아름다운 세상 행복해하는
빛나는 별이 되어
그대와 영원한
사랑의 축복 기다리겠습니다.

꽃무릇 / 백승운

세상에 없는 아름다움 위로
해탈의 웃음꽃 세상을 밝히는데
바라보는 중생은
무엇이 세상인지
이곳이 어디인지 다 잊고
미소 속에 빠져
웃음만 피워내고 있습니다.

바람개비 / 백승운

내 사랑의 고백
당신에게 닿아야
오롯이 나를 받아내고
웃으며 다가올 텐데

사랑이란 두 글자
다 같지 않는 것
바람이 분다고 다
받아내는 것은 아니다

원치 않는 집착이나
혼자만의 착각은
너를 화나게 하며
점점 멀리 뒷걸음질

오늘도
진솔한 사랑 기다리며
혼자 피어나 향기 뿌려내는 바람개비
잠 못 들고 돌고 돈다.

봄이 오는 용문사 / 백승운

바람은 산으로 불고
계곡물은 아래로 흐르며
소나무는 하늘로 쭉쭉 뻗었다

겨울을 녹여낸 계곡
하얀 물소리는 차가운 세상 속
기다림과 희망을 담았고

한알 한알 올려진 마음으로 쌓은
축원의 돌탑은
바람에도 굳건히 세월을 비켜낸다

생채기 내며 하늘로 오르는
소나무의 세월
잔가지마다 일어서는 번뇌의 칼날

천년의 세월을 이겨낸 은행나무 끝
새롭게 움트는 새싹
축원의 등불 밝혀 두었고

은은한 풍경소리 처마 끝에서
열반으로 피어나는 불심처럼
깨끗하게 일어서는데

합장한 손안에서
딱딱한 겨울이 푸석하게 녹아
해탈의 심정으로 미소 짓는다.

비와 외로움 / 백승운

비가 내려요
당신이 떠난 이 자리에
보고 싶다 말 못 하는 나에게
참 바보구나 하며

비가 내려요
사랑한다는 마음의 고백
하지 못한 아쉬움에
돌아서 눈물짓는 바보에게

비가 내려요
비가 그치면 피어난 무지개 따라
당신이 온다는 소식
아름답게 오겠지 하는 희망 지워내며

비 내리는 도시
낯선 거리와 달콤한 연인들의 웃음
흔들리는 불빛에
괴로운 마음만 허물어지고

그리움은 비가 되어
온종일 촉촉하게 적셔오는데
나는 오늘도 빗속에서
당신의 향기만 찾아 떠도는 바보.

소나기 내림 / 백승운

어여쁜 여친 얼굴
사랑스럽고 화사한 미소처럼
기분 좋게 화창한 날

아무 설명 없고 이유 없이
화끈하게 귀싸대기 날리고 떠나가는
마른하늘에 날벼락

천지개벽
쩍쩍 갈라진 심장에서
시커먼 연기가 용트림

세상은 먹빛 구름이 깔리고
일순간 벼락이 정수리에 꽂히고
용이 태양을 삼키면

쏟아지는 눈물
세상은 쉬운 게 아니구나
이유 같지 않은 이유를 찾는다.

순대국밥 / 백승운

24시간 밤샘을 하고
힘찬 기운의 아침 태양을 받으며
집으로 돌아오는 길에

순댓국밥집을 들러
삶의 진득한 시간 속에
비워진 허기를 달랜다

찐하게 우려낸 국물이
입속에서 곰국처럼 착착 감겨오고
푸짐하게 들어가 있는 고기들

한 끼 식사로 하루의 허기를
채워주고 영양까지도 생각한
주인장의 인심이 더해져
입가에 미소가 들불처럼 번지고

알싸한 고추 한입 베어 물어
아작아작 소리 내 삼키면
비타민이 단백질과 어우러져
지친 육체를 일으켜 세우니

달콤한 깍두기 눌러쓰고
또 한입 가득 피곤 하나 졸림 하나
고된 시간의 보상으로
만족하는 행복한 마음만이
기분 좋게 비우고 일어선다.

시인 서석노

#목차

#시낭송 QR 코드
제 목 : 모정
시낭송 : 조한직

공저 <2021 대한문학세계 여름호>

#프로필

서울 거주
대한문학세계 시 부문 등단
(사)창작문학예술인협의회 회원
대한문인협회 서울지회 정회원
2021년 짧은 시 짓기 전국 공모전 동상

#시작노트

고운 단풍 바람결에 나무 곁 떠날 때
삶에 멍에 풀어내고 뒤안길 돌아보니
어느새 중년을 지난 생의 가을 문턱
소년 시절 좋아하던 글쓰기와 그림 그리기
긴 세월지나 마음속 쌓인 먼지 털어내니
오롯이 남은 감성의 숨소리 들리네
지는 것은 노을만 고운 줄 알았는데
하루하루 삶을 시상으로 바라보니
이렇게 아름다운 감사의 삶이 될 줄이야
시상을 일상의 눈으로, 마음으로 느껴보고 그리움이든 연민이든 내가 원한다면 하시라도 주저 없이 그곳을 들여다보고 싶다
올 4월 화창한 봄날 어머님을 하늘나라로 떠나보내신 탓인지 어머님에 대한 시구절(詩句節) 많습니다

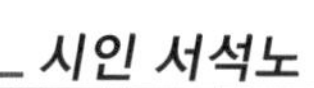

인생 노을 / 서석노

가을 저녁 휑한 들녘에 시린 바람 불어오고
서산에 해는 지고 노을마저 잿빛이네

갈대들 부대끼는 울음소리
먼 하늘길 떠나는 기러기 날갯소리

옷섶으로 스며드는 찬 서리 묻은 바람에
공허한 눈동자로 어둔 하늘 바라보니

떠난 사람 뒤 그림자 아련히 사라지고
눈가에 찬 서리만 맺히고

길고 지루할 줄 알았던 인생길
노을빛 끝난 서쪽 하늘가에 서성이네

담배꽁초 / 서석노

해 질 녘 으슥한 복도 구석에
덩그러니 서 있는 재떨이
각색의 담배꽁초가 엉켜 쌓이고
수많은 애환과 시련 속에 태우고 태우다가
발갛게 불꽃 뒤로 길게 연기꼬리 그리다가
마지막 비벼 틀 듯 버려지고
켜켜이 서로를 부여잡고 쌓여서
한 치의 미련도 없이 떠나야겠지
얼마나 많은 고민과 한숨을 쏟아 냈으면
찝히고 노랗게 질린 몰골이 되어
지친 몸 위로라도 받을 듯
무표정하게 늦은 오후 햇살 없는 그늘에서
타다 남은 몸을 등 돌려 기대고 있구나

할매 장돌뱅이 / 서석노

여명 속에 공원 숲길 따라 아침 길 걷다 보면
골목 어귀 날마다 열리는 트럭장마당
건어물, 고등어, 오징어 좌판에
뒷줄에는 풋고추, 상추, 오이, 양파, 열무, 얼갈이
제철에는 마늘, 참외, 자두, 늙은, 호박
철마다 바뀌는 좌판 위의 정겨운 손짓
허리 굽은 할머니 단골 장터
하루도 빠짐없이 좌판 주변 서성이다가
꼬깃꼬깃 쌈짓돈 내밀고 검은 비닐봉지 양손에 들려
굽은 허리가 더 숙여 진다
깊은 주름 속에 살포시 고운 미소 바라보면
하루의 시작이 정겨운 트럭장마당

가을바람 / 서석노

댓돌에 이슬이 내리고
소슬바람 부니
먹먹한 중년의 가슴

중천의 달빛 속에
먼 길 재촉 하는
기러기 떼 날갯짓

듬성한 흰머리에
늦가을 바람 부니
달빛에 홀로 서러워진다

시골 한여름 / 서석노

뜨거운 햇살이 중천도 가기 전에

처마 끝 그늘도 움츠려 물러서 버리고

달아오른 마당은 맨발 밑이 뜨끈뜨끈

축 처진 강아지 느린 걸음도

그늘을 찾아 누워 긴 혀 빼물고 할딱할딱

아이나 어른이나 그을린 까만 얼굴에

쨍쨍 내리쬐는 햇살 아래 땀방울 송송

우물가 엎드려 등목 물 한번 맞고

얼음골 샘물 한 동이 떠다가

찬물에 식은 보리밥 말아 후룩후룩 입 안 가득

풋고추 된장 찍어 한 입 베어서 물면

달궈진 복날 열기도 잠시 잊혀지고

바람 지나는 마루 그늘에 가물가물 코 고는 소리

엄마 냄새 / 서석노

어머니 소매에는 항상 봄나물 냄새가 나고
물동이 이고 오는 젖은 적삼에는 수박 향기가 난다

호롱불 아래 바느질하는 손끝에는 가을 별빛이 보이고
동지섣달 얼어붙은 앞치마에는 눈이 내리고

걷어찬 이불 도닥일 때 따스한 온풍이 불어오고
모락모락 김 오르는 밥상에는 사랑이 올려지고

서리 내린 쪽진머리 사진 속 눈가에는
코끝에 맺히는 그리움 내음

모정(母情) / 서석노

금방 낳은 따끈한 달걀 앞치마에 숨기시고
남몰래 뒤꼍으로 불러 먹이시고
웃음 번지며 황급히 돌아서시던 어머니

긴 여름 해가 서산마루 기울 즈음
보리밥 퍼낸 무쇠솥 바닥 긁어내
노릿한 누룽지 둘둘 뭉쳐 주신 거친 손

아내 몰래 따로 돈 봉투 만들어
슬며시 거친 손에 쥐여 드리면
배웅하시며 아내 몰래 다시 내 주머니에 넣으시고

긴 세월 주시고 또 주시는 사랑인데
한 번도 되갚지 못한 어머님 사랑
황량한 부엌과 잡초 우거진 뒤꼍에 바람만 분다.

우리 엄마 소풍 가시는 날 / 서석노

들마다 산마다 초록 향연을 펼치고
꽃향기와 흙 내음 스미는 따뜻한 봄날
봄바람 솔솔 등 밀어주며 하늘하늘 날아오르니

가슴속 가득 찬 세상만사 바람에 날려 버리고
정다운 미소와 그리움만 남기고
향기 그윽한 하늘 맞닿는 꽃밭으로 떠나시는 길

긴 세월인 듯 찰나인 듯 기억도 다 접어두고
밤새 소쩍새 울던 언덕 숲 맑은 하늘을 건너
고요와 평안의 하늘 집으로 소풍 가시는구나

나의 엄마여서 더 없이 감사하고
한없이 주신 사랑 가슴 한구석에 고이 묻어 두고
사랑하고 존경하고 그리워 먹먹한 가슴

여름날의 향연 / 서석노

여름을 재촉하는 마지막 봄비가
후두둑 후두둑 잎사귀를 적신다

부드럽고 화려한 초록 봄날의 꽃잎이 지면
활기찬 신록의 녹색으로 변신하겠지

더 이상 수줍거나 피하지 않고
강해진 몸으로 여름을 달린다

더 짓궂은 바람과 뜨거운 햇살은
위협과 유혹을 반복하며

강력한 여름의 향연의 장에서
여름의 만물이 푸르게 힘차게 펼친다.

기다림 / 서석노

찰나의 시간 속에
수만 번 손꼽는 마음처럼
지루하고 은근한 기다림도 있고

숙제 못 한 학창 시절 다가올 매타작에
미리 아파보고 마음 졸이던 기다림같이
영영 오지 않았으면 하는 기다림

새해에는 백마 타고 올 것 같은 왕자님
그래서 흔한 사랑 미루던 긴긴날
마흔 처녀 가슴에 식어가는 기다림

석양에 붉은 노을빛 등에 지고
잘 차려입고 성큼성큼 걸어올 것 같은 막내아들
늙은 노모의 저녁노을 같은 기다림

詩 poem art

명인명시 특선시인선 2022

시인 서준석

#프로필

서울문화예술대학교
실버문화 경영학과 졸업
대한문학세계 시 부문 등단
대한문인협회 경기지회 정회원
어울림 한 살매 시화전
경기지회 동인문집 〈달빛 드는 창〉 공저

#시작노트

꿈을 가지고 있다는 것은 이루어질 것이라는 기대감이 있어서 좋다.

시는 꿈을 표현하는 방법이고 어우러져 살아가는 끈이기도 하다.

어지럽게 지쳐있을 때 마음에 와닿는 한 줄이 힘이 되고 위안이 되어 만족감을 얻고 답이 없는 길에 등불이 되어서다.

읽어 주실 당신에게 깊은 감사를 드립니다.

#목차

#시낭송 QR 코드
제 목 : 봄을 기다리는 꿈
시낭송 : 최명자

공저 〈달빛 드는 창〉

밭둑 언저리 풍경 / 서준석

밭둑 언저리에 핀 천사 나팔꽃
한창 이름나기 시작한 그림쟁이가
능숙한 솜씨로 안개까지 곁들여
화폭에 고스란히 담겨져 갔고

언니 연지 몰래 바르고
서툴게 화장된 얼굴로
울타리 밖을
까치발 들고 넘보던 능소화

일몰이 서서히 다가오자
처음 수확한 옥수수로 빚은 소주
몇 되를 퍼붓듯 마셨어도
정작 취한 건 구절초였다

작은 바람 스치기만 해도
어지러운 듯 비틀 대기 일쑤였다
해바라기 큰 얼굴 푹 수구리고
콩 꼬투리는 분가한다며 가출을 했다.

비 내리는 골목길 / 서준석

비 내리는 골목길에
장미 꽃잎이
어지러이 떨어져
아름답던 꽃의
마지막 이별이 서러운데

셔터 내려진 점빵 건너
비 맞은 길양이 울음이
애처롭게
가슴을 파고든다.

불빛이 찾아들자
허물어진 담장 옆에
버려진 피아노 건반을
빗줄기가 두드려
감미로운 교향곡을
연주하고 있다.

봄을 기다리는 꿈 / 서준석

쌓인 눈 녹아내리는 오두막 처마에
거꾸로 대롱대롱 매달린 고드름
한가하게 실로폰을 두드리며
빠르게 지나가는 바람을 붙잡고
겨울 음악회를 열자며
앙상한 나뭇가지에 무대를 설치했다

나풀나풀 스텝을 밟는 함박눈 관객
구름처럼 하얗게 몰려들어
쌩쌩 휘파람 같은 톤이 높은 격렬한 음악
한 곡 한 곡 끝날 때마다
아우성치듯 기립박수를 쳐서 그런지
음악회는 좀처럼 끝날 줄 모른다

리듬을 타고 춤을 추던 무대 앞에
진한 감동을 소복하게 쌓아놓고
발자국도 남기지 않고 모두 가버리자
얼어버린 개울물 밑 고운 흙 침대
느긋하게 낮잠을 즐기는 쌀붕어
잠꼬대로 춘곤증 앓는 봄을 부르고 있다.

낙동강(洛東江) / 서준석

굽이굽이
열두 굽이

휘어지고 돌고 돌아
유유히 맴도는 낙동강

잔잔한 물결 위에
회상에 잠긴
그을린 사공의 얼굴엔
수심이 가득한데.

강 건너 보리밭에
종달새 높이 떠 우짖는다.

강물 위에 비추어진
낮에 떠오른 상현달
흰 구름에 두둥실 실리어 가고

갈 곳을 잃은 사공에
슬픈 곡조의 뱃노래가
물너울 너머로
끊어질 듯 이어질 듯
가물거린다.

동그라미 / 서준석

따갑도록 뜨거운 햇살
있는 힘을 다해 온 세상을
꺼멓게 살을 태워 가면서
초록색으로 작업한 곳에

너무 단조롭다며 갈바람
산삐알 전체를
울긋불긋 다채로운 때깔로
한땀 한땀 수를 놓았다

시샘하던 된서리
초대장도 없이 쳐들어와
하루아침에
거무스름하게 지워버렸고

애태우며 낮게 떠돌던 구름
끝내 울음을 터뜨려
아스팔트 고인 물에
동그라미만 그리고 있다.

**산삐알 : 산비탈*

보내 주어야 하는 사월(四月) / 서준석

사월(四月)이면

한창 무르익은 봄을
송두리째 보내버릴
목련꽃이 피었다 지는데

목련꽃은
어머니의 품같이
포근하고

조심스레 발을 뻗어
식장으로 들어서는 신부처럼
순백의 아름다움이 서려 있다.

화려하던 꽃잎이 떨어져
계절의 여왕에 자리 비켜주고
역사의 뒤안길로 숨어가는데

사악한 공포가 활개를 쳐
코와 입을 막아놔
꽃놀이도 가고픈 곳도 못 가고

떠밀려가는 사월(四月)을
심한 몸살로 아픈 고통을 참듯이
일그러진 침묵으로 보내 주어야겠다.

할미꽃 / 서준석

양지바른 산등성이
누구인지 알 수 없는
무덤가에 핀
눈길 주는 할미꽃

무엇을 그리
오래도록 기원했기에
등허리가 휘어지고
굽어들었나

꿩꿩 장끼의
산 계곡 메아리는
호호백발 할미꽃을
달래주고 있다

매향가(梅香歌) / 서준석

매화야.

매화야!

매섭고 모진

북풍한설도

너의 환한 미소에

한풀 꺾이나 보다.

흰 저고리 분홍치마로

소박하게 단장을 하고

벚꽃보다 먼저

봄을 마중하니

너는 어여쁜

여인의 자태이어라

그윽한

너의

유혹에 사르르

눈이 감긴다.

꽃 사진 / 서준석

잔설이 먼 산자락에
무겁게 쭈그리고 앉아있을 땐
한 아름 꽃 속에 파묻혀 보길
시간을 하품으로 때우며
은근히 고대하던 게 어제 같은데

지천에 꽃들끼리 잔치가 열려
발 디딜 틈이 없이 몰려드는 고객
점 하나를 찍을 것을 고르느라
길게 목을 빼고 두리번거리고

발바닥에 비명을 지르는 조약돌이 깔린
강물에 파고든 조각 볕이
느릿느릿 기지개를 켜는 동안
조리개를 만지작거려가면서
흩어져가는 꽃잎을 긁어모으고 있다

마지막 잎새 / 서준석

푸르렀던 잎이 단풍으로 나뒹구는
도시공원 테이크 아웃 노점에서
갓 볶아 내린 아메리카노 진한 내음이
한 바퀴 돌아 흩어져 사라져 가고

오랜 세월 삭아 부서진 벤치 곁을
성글게 흔들거리는 하얀 국화
인연으로 맺었던 지난 흔적들을
지워버려야 한다면서도 간직하고 있다.

옅게 검은 물감 색깔로 저물어져 가는
언덕배기 길목에 뿌려지는 노란빛이
띄엄띄엄 쓸쓸하게 젖어 들고

앙상하게 잎을 내려놓은 나뭇가지
혼자 매달렸다가 떨어지는 마지막 잎새
차마 돌아서서 눈을 감아 버렸다.

시인 손해진

#목차

#시낭송 QR 코드
제 목 : 쉼
시낭송 : 박영애

공저 <2021 현대시와 인물 사전>

#프로필

시인, 시낭송가
대한문학세계 시 부문 등단
(사)창작문학예술인협의회 회원(현)
엠뉴스편집부장(현)

#시작노트

운명의 수레바퀴는 끊임없이 돌고 돌아
새로운 시간 속으로 들어왔다
지금 잠시 머무는 이 순간은 영원으로부
터 부여받은 짧은 영화로움
그것을 누릴 찰나의 계절 속을 마음껏
방황해보련다.

쉼 / 손해진

눈부신 아침 햇살 아래
살포시 눈을 열고 마주하면
알알이 수 억겁
사(沙)의 미소들이 함께한다

간밤의 추위 아스라이 사라지고
순백의 신부 하얀 면사포처럼 쏟아지는
반짝임과 투명 실루엣의 눈부신 따사로움에
정결한 조가비 하나 가만히 숨을 쉰다

얼마나 닦인 수많은 시간인가
물길에 쓸리고 파도에 뒤집힌
인고의 세월을 뒤로한 채 우뚝
소망과 빛 사이에 존재하고 서 있다

부드러운 윤곽 단단한 너의 부심이
결코, 작지만은 않은 선물 같은 아침
단아한 인생에 고운 빛깔 새 삶이
새록새록 스미고 있다.

「사진을 보고 시를 그리다」 원고 중에서
– 윤재호 사진작가님과의 collaboration

봄빛의 축제 / 손해진

분홍 꽃 빛이 좋아 올려다본 하늘은
온통 분홍빛의 세계
그 사이사이로 비치는 반짝임이 눈부셔

한쪽 눈 지그시 감고 눈 맞춤해보면
환하게 미소 짓는 연분홍 여린 얼굴들
이제 갓 피어난 아가 볼살처럼 순하게 방긋

푸른 하늘 높은 산 드넓은 대지와
긴 밭고랑 사이로 피어난 봄이 어느덧
따사로운 계절의 빛에 무르익어 가고

손을 뻗어 높은 가지 끝에 맞닿아 보면
활주로를 벗어난 비행기는 목적지를 향하여
힘찬 나래를 펼치고 있다

곱게 변모해가는 봄빛과 어우러져
그 짧고 화려했던 봄날 여정의 황홀경은
시간에 가속하는 엔진의 구동력을 따라
절정의 기쁨 속을 힘차게 달려가고 있다.

「사진을 보고 시를 그리다」 원고 중에서
– 윤재호 사진작가님과의 collaboration

창조 / 손해진

평화의 숨결이 부른다

사랑과 순수를 그리는 그녀의 몸짓과
잿빛 하늘을 힘차게 가로질러
푸른 초원을 환하게 비추는 눈부신 날갯짓

오직 그녀 하나만을 위해
참마음과 정성을 다하여
순결한 장미 한 송이를 준비하였다

이제
어두운 침묵과 불신의 너울 벗어버리고
하늘의 소명 다한 그곳에서
영혼의 호흡으로 맞이하는 해후

그 이상을 따라
빛나는 창조의 순간을 이루어간다.

「사진을 보고 시를 그리다」 원고 중에서
– 윤재호 사진작가 · 정무희 사진교수님의 collaboration

빛의 여정 / 손해진

젊은 꿈과 열정의 시간을 향해 달려온 나날
멈출 수 없는 이상과 집념의 걸음에 의지해
고운 빛으로 물든 사랑스러운 모습 담아
그대 가슴에 오롯이 남긴다

따사로운 햇살이 너무 좋아
홀로 세워둘 수 없는 길고 긴 여정
푸르른 인생의 날을 함께 걸어
바라봄의 행복을 꽃 피워간다.

「사진을 보고 시를 그리다」 원고 중에서
– 윤재호 사진작가님과의 collaboration

사랑의 중심 / 손해진

오롯한 시선 하늘을 움킨 도발
화려했던 남방계의 미소녀
머리끝부터 발끝까지 웅크린 매
시원스레 하늘의 턱선을 끌어당겨
오뚝한 콧날을 마주한다

바닷속 공주의 환생인가
전쟁의 여신 잔다르크의 환영인가
아름다운 황후와도 같은 사랑스런 미소 앞엔
로마 황제의 출정식을 방불케 한 거대한 위상
승리의 개가를 울리는 히어로

물 흐르듯 매끈한 다리는
철갑을 두르고 있고
한 뼘 남짓 가냘픈 허리로
세상을 다 품었다

그녀에게 반해버린 하늘과
흘러감을 아쉬워하는 구름은
오직 그녀 하나만을 위해
모든 순간에 머무르고 싶다

노란 꽃잎도 푸른 초원도
그녀 없이는 더 이상 숨을 쉴 수가 없다
차라리 숨 막히는 이 순간이 영혼의 파라다이스

오 이제는 그대여!
벗에게 진실한 사랑을 속삭여 주오

머리칼을 감친 그대의 손과 팔꿈치는
파르테논 신전의 기둥처럼
정열의 그리움 속에 피어나는 그리움 되어
사방에서 메아리친다

한 발짝 성큼 다가오는 단아한 매무새
가슴 가득히 끌어안아 깊은 침묵으로
다가가는 시선에 가득 찬 설렘은
고운 걸음들을 반가이 맞이한다

뒷걸음질쳐 가는 시간을 붙잡아 따르게 하는 매혹
온몸으로 녹여낸 소망의 가치를 불태우며

그녀를 따르는 구름의 상념도
알로하오에를 외치는 붉은 등대도

고운 미녀의 손짓 하나에
세상은 돌고 돌아가는 거대한 쳇바퀴
마침내 그 중심에 너와 내가 서 있다.

「사진을 보고 시를 그리다」 원고 중에서
– 윤재호 사진작가님과의 collaboration

안녕 / 손해진

노르웨이. 아름다운 해변 뤼세 피오르를 이어가는
어느 시간이 오버 랩 된 위치에서의 마지막을 맞이한다

그대 향기만으로 뜨겁게 타오를 것만 같았던
저 붉은 노을에 곱게 인사를 하고
우리는 말없이 한 줌의 그리움으로 사라져가는 검푸른 물결과
짙은 아쉬움의 언덕을 다져가는 발자국들을
가슴에 새기며 서로를 바란다

상념의 서사와 인지의 미지가 교차하는 궤도를 정렬하고
다시 오리라는 벗어날 수 없는 질서의 행렬을 정비하며
크게 심호흡한다

그대 입술이 대지의 대변인 되어 침묵의 고운 눈빛을 직시하며
머뭇거린 마음은 어느새
바다 한가운데에 붉은 가로등을 맞이할 수밖에 없다

뤼세 피오르를 따라 거니는 마음처럼
우리는 신선한 기쁨을 사모하며
오직 설렘 가득한 순간의 시선을 바라는 간절함으로
다시 돌아올 수밖에 없는 미래의 어느 날을 향해
해안선 따라 수 놓인 고운 발걸음 속에서
묵묵히 서로를 보내고 있다.

「사진을 보고 시를 그리다」 원고 중에서
– 윤재호 사진작가님과의 collaboration

천혜의 숲1 / 손해진

제주 바람꽃.
풀숲, 고운 햇살 사이 틈으로
살포시 고개 내민 귀여운 아기
초록의 융단 부비며 솔솔 바람 불면
고운 얼굴에 부딪혀 방긋 미소를 띤다

홍 노루귀.
하나 둘 셋 넷 꽃잎 새다 날이 다 저문다
고운 사랑 보랏빛 분홍빛 작은 소망의 순수
하얀 솜털의 그리움 속에 자라나 저 하늘을 덮다.

흰 노루귀.
만세 삼창 부른다 3.1의 혁명
하얀 그날의 뜨거웠던 항쟁
반짝반짝 햇살에 빛나고 있다
사랑과 평화를 사랑한 아름다운 민족에게
헌화하는 맘으로 곱게 하늘 바라기

유관순, 윤동주, 안중근
이 외 33인과 모든 순국열사의 사랑 절절한 애국혼
하얀 그리움 끝없이 부신 고운 너
사랑한다 나의 조국 고운 삶의 우리 터

3.1절 100주년 기념 특별 헌정 시
「천혜의 숲」 원고 중에서
– 윤재호 사진작가님과의 collaboration

시인 손해진

산류천석(山流泉石), 그래 석오(石吾)처럼 / 손해진

석오의 발자취를 따라
망중한(忙中閑)

산에서 흐르는 작은 물줄기
거대한 바위를 뚫듯
조국의 창대한 앞날을
누가 막을 손가!

새 나라 도모한 독립의 역사
올곧은 마음 대들보 되어
흩어지는 동포의 절개 대동단결로!

임시정부 숨은 흔적 마주해보니
이웃 나라 박물관에 자리 지키며
민족에게 잊혀온 100년의 세월

거대한 빛(光復)의 무게
가슴에 얹고
사라져가는 조국을
태동시키려

오롯이 받들어 온 순금의 시간 속을
반사된 그 넋으로 말없이 빛나고 있다.

임시정부 102주년 기념 헌시 특별제작본_독립의 향기를 기억하며
충남문화콘텐츠협동조합 정기범 이사장님과의 collaboration

남이섬에서, 님에게 / 손해진

님 떠난 자리에서 지난 세월의 흔적을 더듬는다
잔잔한 물결 위에 흩뿌려진 애달픈 젊은 숨결의 토로
버들잎 사이사이로 그대 고운 모습 떠오르면
물빛에 반사된 햇살의 부심에 두 눈을 꼭 감는다

긴 숲길에 들어서면 하늘 높이 뻗어 난 푸른 잎들
그 아래로 가족들과 연인들의 다정한 목소리
카메라의 빛도 셔터 소리도 자연 속에 머물러
지친 일상의 고단함을 잊은 채 무아를 바란다

초가지붕 위에 오른 비익조의 접은 이상은
하늘 우러른 깊은 고독을 애써 감추며
바라보는 이의 선명한 소망을 이루고저
사뿐히 내려 한껏 펼쳐질 열렬한 구애를 품고 있다

따사로운 빛이 머무는 한낮의 쉼터엔
우리가 간직한 옛사랑의 그리움들이
긴 호흡 되어 지나간 추억을 어루만지고
하얀 풍선에 작은 소망 담아 저 하늘에 띄워 보낸다.

가수 (故)장덕을 추모하며
미카엘의 마음을 담아

시인 송근주

#프로필

대한문학세계시 부문 등단
(사)창작문학예술인협의회 회원
대한문인협회 정회원(서울지회)
시집 "그냥 야인" 출간
2021년 07월"명인명시를 찾아서"출연
2021 현대시와 인물 사전
대한문인협회 2021년 11월 이달의 시인 선정
2시집"뭔 말이야" 출간 (준비중)

#시작노트

모든 것은 나로부터 시작되었다. 나 자신의 과거가 지금의 나를 있게 했다. 미래 또한 지금이 있기에 희망을 갖게 되는 것이다. 잘못이 있으면 반성을 하게 되고 성찰을 통해 모든 것은 지나갈 것이다.

남의 탓으로 돌리지 않겠다는 것이다. "네 탓이요 네 탓이로소이다" 잘잘못을 가리는 것, 비교하는 것, 불평불만을 나 자신에게 돌린다는 것이다.

자연은 자연스러운 육체에 있다. 우리가 보고, 듣고, 맡고, 느끼는 숨결 이 모든 것이 영혼에 걸려있는 나 자신의 육체에 있다. 하늘의 육체, 땅의 육체, 사람의 육체가 생명력을 간직하고 있는 육체이다. 살아있다는 것, 살아가고 있는 것, 살아갈 거라는 것이기에 존재감을 느낄 수 있다.

#목차

#시낭송 QR 코드
제 목 : 삭신이 쑤신다
시낭송 : 박순애

시집 <그냥 야인>

삭신이 쑤신다 / 송근주

삭신이 쑤신다
날이 궂으면 어머니가 말한다
꾸물거리는 하늘 먹장구름 그득하다

가을 하늘에 소나기라도
금방 쏟아져 내린 것 같은
구름이 하늘 한편에 머물고 있다

삭신은 몸의 근육이다
삭신은 몸의 뼈마디이다
삭신은 몸의 근육과 뼈마디이다

날이 궂지 않아도
세월 탓
나이 탓
내 몸 탓하며
금방 나을 거라는 삭신의 몸부림
바람인 양 온몸을 에워 싸도는
회오리바람이다

반기고 있다 / 송근주

길을 들어서니
앞에 트인 길이
박대하지 않고
반가이 손짓하며 반기고 있다

어둠이 아닌 햇살을
암흑이 아닌 햇볕을
낮의 찬란한 태양 빛이
낮의 따가운 햇살 빛이 반기고 있다

걸어가는 나를
마중 나와서
발끝으로 끌어당기며
길로 인도하며 반기고 있다

태양은 중천에 떠올라 있고
그림자를 길게 드리우고
장막을 걷어 내며
따가운 햇살 아래 길을 내주며 반기고 있다

하늘을 보면 / 송근주

광활한 광야를 보듯
해거름 야광을 보듯
달무리 월광을 보듯
낙조의 바다를 보듯

하늘을 보면 새벽이 빛나고
바다를 보면 아침이 빛나고
광야를 보면 한낮이 빛나고
사람을 보면 밤낮이 빛나고

밤은 하늘과 지평선 만남인 양
밤은 사람과 수평선 만남인 양
밤은 하늘과 사랑하고
밤은 사람과 사랑하고

하늘을 보면 사람이 있고
하늘을 보면 사람이 살고
하늘을 보면 사람이 보여
하늘을 보면 사람이 하늘

친구는 없다 / 송근주

찾아도 불러도
볼 수 없고 대답 없다

이승에 살지 않고 저승에 살기에
세상을 등지고 살아 친구는 없다

세상살이 짐이 무거울까
사람살이 짐이 무거운가

인생살이 짐이 무거울까
친구 삶의 짐이 무거운가

찾지 않아도 보지 않아도
세상의 청객 친구는 없다

손떠퀴* / 송근주

손대면 좋은 일 일어난다
손대면 나쁜 일 일어난다
손대면 나빠진다
손대면 좋아진다

살아가는데 좋은 일 일어나고
살아가면서 나쁜 일 일어나고
살아오면서 나빴던 일 있고
살아가는데 좋았던 일 있고

손을 대기만 하면 나타나는
길흉화복(吉凶禍福)
좋고 나쁘고
나쁘고 좋다

손댄다는 건 일 한다는 것
일한다는 건 돈 번다는 것
돈 번다는 건 먹고 사는 것
좋은 일 나쁜 일 손대면 일어난다

** 손떠퀴 : 손대면 일어난다*

소드락질* / 송근주

배가 고파 돈을 빼앗는 것 아니다
세금이라는 원천 징수를
월급쟁이만
유리 지갑을 내어 준다

권력자는 재벌가 몰아치고
재력가는 권력자에게 부침하고
월급쟁이는
유리 지갑을 내어 준다

권력은 재벌가에게 돈을 빼앗는다
재벌은 권력자에게 돈을 준다
월급쟁이만
세금으로 원천 징수로 돈을 내어 준다

바늘 도둑이 소도둑 된다
권력자와 재벌가 야합(夜合)하고
월급쟁이는
세금으로 원천 징수로 돈을 내어 준다

바늘 도둑이 소도둑 된다

느낌표가 되는 것 / 송근주

고민 안 한다
슬퍼 안 한다
아파 안 한다
느낌대로 한다

고심 안 한다
눈물 흘리지 않는다
고통스러워하지 않는다
그냥 느낌대로 한다

내가 만족한다
아는 것이 없다
남이 잘 보아주기 바란다
느낌표가 되어 가는 것이다

사랑한다
행복해한다
느낌대로 한다
그냥 느낌표가 되는 것이다

설면하다* / 송근주

자주 만날 수 없었던 게 아냐
자주 만나지 않았을 뿐이지

자주 만나고 싶었다면
자주 만나서 정답게 했어야지

정답다는 시간을 돌아보기에
낯설다는 시간을 돌아보게 하지

자주 만나지 못했어도
자주 좀 보고자 하는 거지

* 자주 만나지 못했어도

새물내* / 송근주

빨래를 세탁기에 돌릴 때
세제를 넣는다
빨래 냄새를 향기롭게 하는
유연제도 넣는다

화학제품이 없을 때 빨랫방망이로
물빨래를 했다
빨래를 하고 마당 빨랫줄에
가지런히 널었다

양지바른 곳에서
볕을 받고 말린 빨래는
옷에서 나는 냄새가
향기롭다

빨래하여 갓 입은 옷에서
물빨래를 해도
세제나 유연제를 넣지 않아도
새 옷 입은 것 같다

** 옷에서 나는 냄새*

생무지* / 송근주

나는 무엇을 잘 할 수 있지
내가 질문을 던진다
나는 무엇을 잘해야 하지
나에게 의문을 갖는다

나는 일을 잘 할 수 있지
내가 선택할 일을 찾는다
나는 익숙하게 잘 할 수 있지
나에게 직업 적성을 선별해 준다

나는 익숙하지 않지
내가 처음 배우기 시작했다
나는 서투르지 않지
나에게 익숙한 일 잘한다

나는 무엇이든 잘하는 사람이라는
내게 던진 질문이 풀렸다
나는 서투른 사람이 아니라는
내게 던진 의문이 사라졌다

** 나는 무엇이든 잘하는 사람*

시인 송용기

#목차

1. 멋진 맛을 내는 삶
2. 백지장도 맞들면 가볍다
3. 고통 속에 피어난 꿈
4. 나부터
5. 든든한 버팀목
6. 인맥이 자산이다
7. 희망의 불꽃이 되겠다
8. 가을 스케치
9. 어머니가 보고 싶다
10. 검도는 한칼이다

#시낭송 QR 코드
제 목 : 가을 스케치
시낭송 : 최명자

공저 <2020 유화로 보는 명인명시선>

#프로필

대한문학세계 시 부문 등단
(사)창작문학예술인협의회 회원
대한문인협회 경기지회 정회원
대한창작문예대학 제10기 졸업
대한창작문예대학 졸업작품 경연대회 은상 수상

#시작노트

지나간 세월은 시련과 고통 속에 단련되었다
이제는 한편의 시속에 여백을 남기고 싶다.
시를 쓰는 순간이 늘 새롭고 행복하다.
인생은 매 순간 끝없는 도전이다.
글을 쓰는 시간이 즐겁고 행복하다
글을 쓰면서 자연 속에서 자연과 함께 살고 싶다.
독자에게 사랑받는 시인이 되고 싶다
꿈이 현실이 되는 세상에 힘이 되고 싶다
누군가 나를 통해 위로가 되고 힘이 된다면 희망의 불꽃이 되는 시인이 되고 싶다.

멋진 맛을 내는 삶 / 송용기

태양과 자연 속에 숨을 쉬는
아름다운 꽃을 닮은 인생처럼
내 삶을 펼쳐본다

말없이 흘러가는 세월 따라
불가마 속 옹기처럼 숙성되는 삶은
내 인생을 겸손하게 한다

자연과 더불어 살아가고
자연 속에서 익어가는 삶
오랜 숙성으로 완성된다

아름다운 꽃처럼 향기 내며
세상을 환하게 비추고
멋진 맛을 내는 삶을 살고 싶다.

백지장도 맞들면 가볍다 / 송용기

천당과 지옥을 오가며
다시 태어난 삶은 평탄치 않았고
남의 도움에 의지해야만 했다

피나는 노력 끝에 재활에 성공한다
재활하면서 그에게 나만의 특별한
기술을 가르쳐 주었고 시간이 흘러
그는 기술을 인정받아 달인이 되어
새로운 삶을 활기차게 시작했다

그는 새로운 삶을 열어준 보답으로
신선이 내려준 다섯닢젖솔배기를
내게 선뜻 내어주며 감사의 표현을 했고
거절할 수 없어 고마운 마음으로 받았다

받고자 하지 말고 먼저 베풀며
어울렁더울렁 더불어 가는 세상은
백지장도 맞들면 가볍다는 말처럼
함께 걸어갈수록 즐겁고 행복하더라

고통 속에 피어난 꿈 / 송용기

비좁은 방 7남매 한 이불 속에서
살아남기 위해 몸부림치던 시간이
뇌리를 스쳐 간다

시련과 고통이 동반하는 헐벗음은
피할 수 없는 나의 삶이었고
거기서 벗어나기 위해 낮과 밤을 가리지 않고
기름때 묻은 기계를 매일 닦고 또 닦았다

손이 닳고 닳아 상처로 덧입혀지는
지루하고 긴 시간이었지만
나에게 엔지니어라는 이름이 다가오는 순간
삶의 한 자락 환희의 빛으로 다가왔다

엔지니어로 승승장구하면서
견딜 수 없는 공부에 대한 갈망은
나이와 상관없이 다시 가방을 둘러매게 하고
배움의 열정으로 삶이 피어난다

작은 나무가 모든 시련을 겪고
큰 나무가 되는 것처럼
가난은 아픔이었지만 인내와 겸손을 깨우쳐주고
꿈을 쉽게 포기하지 않도록 삶의 스승이기도 했다

나부터 / 송용기

세상에는 선과 악,
빈곤과 부유, 참과 거짓도 있다

빈 깡통이 요란하고
꽉 찬 통은 조용하고 묵직하다

가는 정이 있어야 오는 정이 있듯
이 세상 모든 것은 나부터 시작한다

불신의 선상에 손 내밀면
세상은 온통 핑크뮬리처럼 물들겠지.

든든한 버팀목 / 송용기

나의 삶의 길은 앞만 보고 뛰었지만
언제나 험난했고
언제나 마찬가지였다

실패와 절망을 두려워하지 않았던 나의 인생길
모든 시련을 이겨내야 한다는 신념으로
더 열심히 일하고 땀을 흘렸다

욕심을 버리고 세상을 바라보니
그동안 겪은 고통은
단단해지는 과정이었다는 것을 알았다

산과 물이 절로 높고 스스로 흐르듯이
어떠한 시련에도 흔들리지 않으니
그제서야 세상이 새롭게 다가온다

따사로운 햇살과 시원한 바람처럼
커다란 나무 그늘처럼
나도 누군가에게 든든한 버팀목이 되어주고 싶다

인맥이 자산이다 / 송용기

한적한 시골 홀로 단칸방에서
이른 새벽 4시 알람 소리와
닭 우는 소리에 아침을 연다

창밖에는 비가 내리고
빗소리를 들으며 ....
지나간 시간이 필름처럼 스쳐 간다

나는 무엇을 위해 살았는가
지금의 나의 모습도 생각하고
미래도 계획한다

지금껏 스쳐 간수많은 사람
모두가 훌륭하고 참 좋다
가진 건 없지만 열심히 살았고
남아있는 건 인맥이 자산이다.

희망의 불꽃이 되겠다 / 송용기

나의 삶은 시련과 고통 속에서
힘들게만 살아왔다

누군가 똑같은 길을 가고 있다

그 사람을 위해 힘이 되고 싶다
내가 겪은 고통이 반복되지 않게

누군가가 나를 통해
위로가 된다면
더 좋은 일이 아닌가

나를 통해 그 사람이
힘이 되고 행복해진다면
희망의 불꽃이 되겠다.

가을 스케치 / 송용기

흰 구름도 머무는 맑은 호수에
황홀한 가을빛이 내려앉아
단풍으로 화려하게 물들인 산기슭
잔잔한 은빛 속에 내 모습 마주 본다

산새들 노랫소리 울려 퍼지고
굽이굽이 물결치는 오색 산마루
저마다 가슴 태우는 다홍빛 단풍 아래
한가로이 마주 보며 대자연에 취해본다

갈잎 향기로운 꽃바람이
상큼하게 날아와 품에 안기어
우리네 따스한 가슴을 활짝 열어놓고
오늘도 하루라는 이름을 걷게 한다

때로는 힘들고 고단했던
삶의 여정 사르르 풀어놓고
아름다운 가을 사랑으로
꽃길만 걸어가리라

어머니가 보고 싶다 / 송용기

조용한 침묵을 깨우는
밝은 빛에 숨어버린
공동은 침묵 속에
하루를 그린다

돌고 도는 하루에 일상들
퇴색된 필름에 담겨있는
추억 움켜쥐며 돌아보는 인생 속에 나를 지탱해주는 어머니

그윽하게 바라봐 주셨던
얼굴 속에 쓸쓸한 그림자
문득 떠오를 때면
울컥해지는 마음 따라
추억 길 걷는다

빛바랬지만 윤기 나는 장롱처럼
내 마음 지탱해주는 어머니

부를수록 애잔하고
그리울수록 보고 싶다
오늘따라 보고 싶다
오늘따라 어머니가 보고 싶다

검도는 한칼이다 / 송용기

우렁찬 기합 소리와
죽도와 손과 발이 하나 되고
기검체일치가 된다

유년 시절에 검도를 하면
예절과 예우 범절을 배우고
집중력 자신감을 느끼게 한다

정신 수량 신체 단련 속에
지친 몸과 마음을 호구를 착용하고
무도로써 경쾌한 소리로 날린다

한칼의 상대를 재방 못 하면
내 목을 내어 주어야 하고
교 검지 애 검도는 한칼이다.

시인 신채호

#목차

단재 신채호(申采浩, 1880~1936)

신채호(申采浩, 1880년 12월 8일 ~ 1936년 2월 21일)는 일제 강점기의 독립운동가이자 민족주의 사학자이다. 본관은 고령(高靈). 호는 일편단생(一片丹生)·단생(丹生) 혹은 단재(丹齋). 필명은 금협산인(錦頰山人)·무애생(無涯生)·열혈생(熱血生)·한놈·검심(劍心)·적심(赤心)·연시몽인(燕市夢人), 가명은 유맹원(劉孟源). 충청남도 대덕군 산내에서 출생하였고, 충청북도 청원에서 성장하였다. 신숙주(申叔舟)의 후예로 아버지는 신광식(申光植)이다. 구한 말부터 언론 계몽운동을 하다 망명, 1919년 대한민국 임시정부에 참여하였으나 백범 김구와 공산주의에 대한 견해 차이로 임정을 탈퇴, 국민대표자회의 소집과 무정부주의 단체에 가담하여 활동했으며, 사서 연구에 몰두하기도 했다. 1936년 2월 21일 만주국 뤼순 감옥소에서 뇌졸중과 동상, 영양실조 및 고문 후유증 등의 합병증으로 인해 순국하였다.

25세 때에는 신규식·신백우(申伯雨) 등과 함께 향리 부근에다 산동학원(山東學院)을 설립, 신교육운동을 전개하기도 하였다. 26세 되던 1905년 2월 성균관 박사가 되었으나, 관직에 나아갈 뜻을 버리고 장지연(張志淵)의 초청으로 『황성신문(皇城新聞)』의 기자가 되어 논설을 쓰며 크게 활약하였다. 1905년 11월 『황성신문』이 무기 정간되자, 이듬해 양기탁(梁起鐸)의 천거로 『대한매일신보(大韓每日申報)』 주필로 초빙되어 당당한 시론(時論)을 써서 민중을 계몽하고 정부를 편달하며 항일언론운동을 전개하였다. 또한 우리나라 역사관계 사론(史論)을 써서 민족의식을 고취하였다. 1910년 망명할 때까지 『대한매일신보』에 「일본의 삼대충노(三大忠奴)」·「금일 대한국민의 목적지」·「서호문답(西湖問答)」·「영웅과 세계」·「학생계의 특색」·「한국자치제의 약사」·「국가를 멸망케 하는 학부」·「한일합병론자에게 고함」·「이십세기 신국민」 등의 논설을 실었다.

[출처 : 한국민족문화대백과사전]

秋夜述懷 (가을밤에 회포를 적다) / 신채호

孤燈耿耿伴人愁(고등경경반인수) : 외로운 등불 가물거리며 사람 시름 같이하니

燒盡丹心不自由(소진단심분자유) : 일편단심 다 태워도 맘대로 못하는 구나

未得天戈回赫日(미득천과회혁일) : 하늘 창으로도 붉은 해 같은 나라 운명 못돌리고

羞將禿筆畵靑丘(수장독필화청구) : 무질어진 붓 들어 우리나라 역사 끄적임이 부끄럽도다

殊方十載霜寢鬢(수방십재상침빈) : 이역 방랑 십년에 귀밑머리에 흰서리 찾아들고

病枕三更月入樓(병침삼갱월입루) ; 병들어 누운 깊은 밤에 달만이 누각에 비쳐드는구나

莫說江東鱸膾美(막설강동로회미) : 강도의 농어 회 맛잇다 말하지 말라

如今無地繫漁舟(여금무지계어주) : 지금 처지는 고깃배 맬 땅한 줌도 없는 것을

시인 심훈

#목차
1. 동우冬雨

농민계몽문학의 장을 여는 데 공헌한, 심훈 // 심훈(1901~1936)

본명은 심대섭. 서울 출생이며 아버지 심상정의 3남 1녀 중 3남이다. 소설가, 시인, 영화인이기도 하다.

대표작으로는 '상록수', '영원의 미소'와 우리나라 최초의 영화 소설인 '탈춤' 등이 있다,

활동 사항으로는 1919년 3·1 운동에 가담하여 투옥되고 이로 인해 퇴학을 당했다. 1920년 중국으로 망명하여 1921년 항저우 치장대학에 입학하였다.

1923년 귀국하여 소설·연극·영화 등 집필에 몰두하였다. '장한몽'이 영화에서는 이수일역으로 출연하였고, 1926년 우리나라 최초의 영화소설 '탈춤'은 동아일보에 연재되었다. '먼동이 틀 때'를 집필·각색·감독·제작하여 단성사에서 영화를 개봉하였는데 큰 성공을 거둔다. 영화 성공 후 심훈은 소설에 관심을 기울인다. 1930년 조선일보에 '동방의 애인'을 연재하다가 검열에 걸려 중단되고, '불사조' 역시 연재하다가 중단된다. 같은 해에 '그날이 오면' 시를 발표하고, 1932년 향리에서 출간하려다가 검열로 인해 이마저도 무산된다. 훗날 1949년 유고집으로 출간된다. 여기에서 알 수 있듯이 심훈은 강한 민족의식이 담겨 있다. 그 밖에도 '영원의 미소', '황공의 최후', '직녀성'이 연재된다.

1935년에는 동아일보 창간 15주년을 맞아 '상록수'가 특별공모에 당선되어 연재된다. 상록수는 젊은이들의 희생적인 농촌사업을 통해 휴머니즘과 저항의식을 고취시킨 작품으로 본인의 귀농 의지가 잘 그려져 있다.

1936년 장티푸스로 사망하여 짧은 생을 마감한다.

[네이버 지식백과에서 인용]

동우冬雨 / 심훈

저 비가 줄기줄기 눈물일진대
세어 보면 천만 줄기나 되엄즉허이,
단 한 줄기 내 눈물엔 베개만 젖지만
그 많은 눈물 비엔 사태가 나지 않으랴.
남산인들 삼각산인들 허물어지지 않으랴.

야반에 기적 소리!
고기에 주린 맹수의 으르렁대는 소리냐
우리네 젊은 사람의 울분의 으르렁대는 소리냐
저력 있는 그 소리에 주춧돌이 움직이니
구들장 밑에서 지진이나 터지지 않으려는가?

하늘과 땅이 맞붙어서 맷돌질이나 하기를
빌고 바라는 마음 간절하건만
단 한 길 솟지도 못하는 가엾은 이 몸이여
달리다 뛰면 바단들 못 건너리만
걸음발 타는 동안에 그 비가 너무나 차구나!

시인 염경희

#프로필

경기 파주 출생, 이천 거주
대한문학세계 시 부문 등단
(사)창작문학예술인협의회 회원
대한문인협회 정회원

#시작노트

생각지도 못한 타향살이에
그리움만 쌓여 간다.

스치고 지나가듯 가 버린 시간
지난날의 여백을 채워 보려고
자연을 벗 삼아 시를 쓰게 되었다

인생 후반은 여백을 남겨 두지 말자
삶을 씨앗으로 뿌려 놓았으니
생명력 있는 시어로 잘 가꾸어
독자님들 가슴에 행복을 전하는 시를 짓자

시는 내 삶에서 사랑과 행복이며
꿈과 희망을 주는 제2의 고향이다.

#목차

#시낭송 QR 코드
제　목 : 어머니의 자장가
시낭송 : 박영애

공저 <2021 현대시와 인물 사전>

제비꽃 / 염경희

한적한 골목길 토담 밑에
앙증스럽게 졸고 있는 제비꽃
이제나저제나 햇살 내려앉기를 기다린다

봄바람이 살랑살랑 꽃잎을 간지럽혀도
단잠을 자고 있는지 꿈쩍 않는다

파란 하늘 구름 타고 유영하던 햇살이
살며시 내려앉아 아가 닮은 제비꽃을 폭 감싼다

봄바람이 꼬드겨도 미동 없던 제비꽃
햇살이 묘약인가 보다

꽃잎을 나풀거리니 벌들은 연주하고
나비들이 춤추는 축제가 열렸다.

어머니의 자장가 / 염경희

외로울 때는 하늘을 봐요
별들의 속삭임 좇아가면
용마루에 걸린 눈썹달이
해바라기처럼 웃어요

별똥별 떨어지듯
추억들이 톡톡 떨어지고
희로애락은 주저리주저리
고향 집 뜰 안에 퍼집니다

고요 속에 잠든 귀뚜리
덩달아 울어대는 가을밤
문풍지 흔들어주는 바람 소리는
어머니의 자장가 인걸요

가만히 두 눈을 꼭 감고
은하수를 건너다보면
하얀 운무 휘휘 두른 햇살이
무지갯빛 인사를 합니다.

꽃잠 / 염경희

지아비 지어미로
인연 맺어 꽃잠 자고
댕기 머리 풀어
백년가약을 했지

올망졸망 피어난 꽃망울
시들어질세라 노심초사하고
고쟁이 질끈 동여맨 세월에
해지는 줄 몰랐다

서산중턱에 한시름 걸어놓고
이렁저렁 세월을 읊으려니
하얀 햇살에 반득이는 것은
이마에 파인 밭고랑이요
서리꽃 닮은 서리 밭이더라.

** 꽃잠 : 신혼초야의 순우리말*

내비게이션 / 염경희

이만큼 와 돌아보니
내비게이션이 없었다
안개 자욱한 세 갈래 갈림길
이정표는 더더욱 없던 시절

그저 주어진 삶에 따라
이리 가라고 하면 가고
저리 살라고 하면 살았다

이제는
내비게이션을 달아야겠어
시 밭을 목적지로 설정해 놓자

삶을 씨앗으로 뿌리고
인생은 꽃밭을 가꾸어
벌들의 입맞춤을 받으며
멋들어진 탱고 춤을 추는 거야

운무가 모락모락 피어나는 아침이면
일곱빛깔무지개 햇살에 시를 걸고
한들 바람에 시 연을 띄우며
별 밤이면 이슬 베고
우주여행도 해 보자꾸나.

비밀 / 염경희

소녀에겐 비밀이 있어요

파란 새싹이 피어날 적에
노란 산수유 꽃망울의
예쁜 입술을 훔쳤거든요

그때부터 소녀는
깊은 사랑에 빠졌답니다

햇살 웃어주는 한낮이면
연둣빛 사랑을 속삭이고
바람 소리 자장가 삼아
은하수 건너 달나라도 갔었지요

첫눈이 내리는 날
난롯가에 앉아 눈 꽃송이 바라보며
빨갛게 익어간 산수유 열매 동동 띄어
못다 한 밀어를 속삭일 거에요

아무도 모른답니다
소녀가 짝사랑에 빠진 것을
소녀의 비밀은
바람만이 알고 있답니다.

아직도 마음만은 소녀 / 염경희

앙상한 나뭇가지에 살포시
꽃망울을 터트리는 산수유
내 마음 아는지
수줍은 미소로 인사를 합니다

봄이 왔다고
봄바람이 분다고
풍선만큼 부푼 내 마음에
봄소식 전하면 아련한
옛날이 그리워집니다

아카시아 꽃목걸이 만들어 목에 걸고
반지꽃 따서 꽃반지 만들어 끼고
네 잎 클로버 행운을 기다리던
어릴 적 그날이 그리워집니다

한여름 잘 익은 수박덩이처럼
통통 설레는 내 마음
햇살 가득한 산책로의 새싹에
까닭 모를 그리움이 밀려오니
아직도 내 마음은 소녀인가 봅니다.

울고 있는 보름달 / 염경희

팔월 한가위라는데
눈물 머금고 홀로 이 떠 있는
보름달의 사연이 무엇일까

고향에 계신 부모님
자식 보고 싶은 마음
애써 추스르는 어설픈 미소인가 봐

오지 마라 오지 마라
요즘 역병이 무섭더라
속내 숨기고 행여나 올까 봐

사립문 열어 놓고
이제나저제나
행여 밤길 달려오려나

기다리는 어미 마음
보다 보다 못해
울지도 웃지도 못하는 사연이었어.

엽전 / 염경희

별것도 아닌 것이 왕이 된다
별것도 아닌 것이 위대한 사랑을 받는다
별것도 아닌 별것이 세상을 지배한다

고것에 눈이 멀어
고것의 꼬임에 빠져
고것의 놀잇감이 되어간다

기름기 잘잘 흐르는 배 사장
속이 텅 빈 허우대 멀쩡한 주색 남
밤이슬을 좋아하는 담치기
검은 안경 씌워 놓으니
모두가 눈뜬장님인 것을

집 잘 지키는 발발이도
일 잘하는 누렁이도
안 집어 먹는 땡 닢이 춤을 춘다

조그만 엽전에 세상은 돌고
조그만 엽전에
세상은 노예가 되어 가고 있다.

딱 좋은 나이 / 염경희

그때는 왜 몰랐을까
연분홍 치마에 연두저고리
나풀거리면 향기가 나는 것을

그때는 왜 그랬을까
쓰면 쓰다고 달면 달다고
짐이 무거우면 투정도 부려볼 것을

이제 와 젊은 날을 회상하니
어깨 위엔 지게뿐이었고
속내는 검은 숯덩이뿐이었다

사는 게 바빠서
돌아보지 못한 세월
어느새 여기까지 왔을까

참 맛을 다 보고 살아온 삶
황혼 열차에 올라 청춘을 돌아보니
지금이 딱 좋은 나이더라.

칠 일 동안 / 염경희

바쁘게 살아오다 보니
어머니 손 한번 꼭 잡아보지 못했다
더 늦기 전에 하얀 이밥 한 끼 지어 드리려고
칠일간의 동침을 마련했다

거칠어진 손을 쓰다듬노라니
아 야, 네 손이 왜 이리 거치냐
이 손이나 그 손이나 매한가지구먼
도란도란 얘기 보따리 풀어놓다 보니
해가 중천에서 환하게 웃는다

젊은 시절을 소환하여 드리고 싶었다
단양팔경 충주호 장회나루 등등
비록 드라이브스루 관광이었지만
내내 이야기꽃을 피우시는 어머니

언제 또 이런 날 있겠냐며 시골장 구경 가자고 하신다
구슬 달린 꽃분홍 티셔츠와 꽃 가방
좋아하시는 모습이 어린애처럼 해맑다
카메라 어색하실까 봐 몰래몰래
칠 일 동안의 행복, 영상으로 곱게 담아 놓는다.

시인 염규식

#목차

#시낭송 QR 코드
제 목 : 당신에게 보내는 가을 편지
시낭송 : 박영애

시집 〈사랑은 시를 만들고〉

#프로필

시인, 수필가
(사)창작문학예술인협의회 회원
대한문인협회 정회원
주)씨티코아, 신도시개발회장
향토문학상, 짧은 시 짓기 동상 수상
특선시인 3회, 유화로 보는 명시선,
현대시와 인물 사전 공저
시집 〈사랑은 시를 만들고〉

#시작노트

봄철 아지랑이 피는 계절, 녹초가 우거진 여름,
낙엽이 바람에 휘날리는 가을이 지나면서
어느새 세월은 철 따라 변하고 우리도 변하지만
우리의 가슴속의 문학의 열정은 변하지 않으리라......,

가을을 보내며 / 염규식

어디론가 머나먼 곳으로 떠나고 싶어질 때
날갯짓 한 번으로 그대에게 가고 싶다.
고운 그대를 만나 그대의 품속에
작은 내 영혼을 한없이 묻고 싶다.

떠나는 그대를 보며 다음 세상 우리 만날 때
저세상에서 이어져 온 사랑으로
다시금 그대에게 간절한 사랑의 고백을 하리라.

가슴 한편 묶어 두었던 내 마음을 풀어내면
이제 추위 속에서 웅크려지겠지
다시 올 그대는 새순들의 사연들을 가지고
또다시 오색으로 물들겠지.

형형색색 들녘을 가로질러 갔던
우리들의 사랑을 나는 결코 잊지 않으리라
그대가 홀연히 가는 길목에서
찬 겨울에 들켜버린 사랑을 되돌려 받고 싶다.

그대가 내게 너무 소중하기에
내 영혼의 고단함을 오직 그대에게만
떠나는 그대를 다시 부르고 내 사랑을 펼치리라
참으로 소중한 나의 사랑아~

당신에게 보내는 가을 편지 / 염규식

설렘이 가득한 가을입니다.

어느 가을날
당신과 함께 오르던 산책길과
바람이 지날 때마다
풀어놓던 꽃향기가 오늘도 변함없습니다.

아직도 나의 심연 깊은 곳에
많은 세월이 흐른 지금도
당신이 자리하고 있나 봅니다

당신의 눈동자에 비친 가을 산의 모습과
들판의 향기가 바람결에 살아나서
자꾸만 세월을 되돌아봅니다.

오색 가을 산과 눈부신 가을 하늘 아래
없는 것은 그대의 향기뿐이라
그리움엔 세월의 흐름도 소용이 없나 봅니다.

짙어가는 가을 당신 닮은 오색 산을 보며
무심히 흘러내리는 흐르는 시냇물에는
소중한 그대의 추억을 흘려보내고
나 자신의 얼굴과 그대 모습이 겹쳐지고 있습니다.

사랑으로 / 염규식

무심히 저무는 노을을 그리움으로 채색하고
그대와 못다 한 이야기들을
가슴 한편에 묻고 살았습니다.

그대와 둘이서 라면
가슴 한쪽에 숨겨놓은 꽃잎 하나
당신의 마음에 쌓아 고이 피우겠습니다.

그대를 사랑함으로 눈부시게 아름다운 날
그대 착한 눈빛을 바라보며
그늘진 내 마음의 도화지에
마음껏 노래하겠습니다.

수많은 시간을 어둠 속에 앉히고
내리는 빗소리에 문득 서러움이 밀려와도
어둠에서 눈 뜨면 오직 그대의 모습만

이제 다시 당신의 마음의 강가에 나가
감춰 둔 속마음을 풀어 놓겠습니다.

세월 유감 / 염규식

삶의 지난 세월 동안
지나온 삶의 고뇌와 아픔의 긴 시간
그 긴 세월 속의 아쉬움도

돌이켜보면 세월 지나 생각하면
힘들었던 긴 시간 어찌해볼 수 없어도
지금은 말할 수 있을까

그 긴 시간이 우회할 수 없다는 것을
모든 것은 세월이 말해주는데
이제는 말 할 수 있을까

실패와 이별과 아픔을 뒤돌아 세우는 것은
역시 세월이란 이름 앞에서는
이제는 말 할 수 있을까

첫사랑의 흔한 고백도 못 해보고
지금은 모든 것을 세월 유감으로 돌리고
이제는 말 할 수 있을까

또다시 하루의 세월이 내 곁에서 멀어진다.

순수의 밀어(密語) / 염규식

어둠은 햇살을 밀어내고
노을빛의 통곡만을 남긴 채

서쪽 하늘을
넘어가는 저녁노을 뒤로하면
그들의 조용한 밀어가 시작된다.

내 귓가에 들리는 소통은
피고 지고를 반복하는 자연의 법칙에
순응하는 그들만의 순수이다.

그들의 대화는 새로운
꽃봉오리를 만드는
사랑의 멜로디이다.

*일월초의 일생을 보며....

시의 공간 / 염규식

날마다 나의 시간과 공간을
훔치는 것이 있다
언젠가부터

나의 시공을 훔치는 무언가는
시시각각
나의 영혼을 빨아들이는
문이 하나 생겼다

아주 조금씩, 그러지 말자 하면서도
나는 날마다 그 안으로 들어 가고야 만다.
오늘도 빠져 드는 시의 공간.

시인과 고독 / 염규식

그대는 외로움을 삭히고 또 삭히면서
고독의 씨를 뿌리면서 다가오면
나는 외로움의 하얀 꽃이 되어
그대 기다리는 창가에 꽂아두렵니다

내 안의 외로움은 그대의 만남의 인연이고
사색과 집중의 고독 속에서만이
당신을 만날 수 있으니까요
나는 그대의 길들여진 외로움에 미쳐야 하니까요

고독의 미학은 시인만이 감당하는 것이지만
내가 그대를 택함으로 받는 외로움 그리고 고독은
나와 그대의 씨앗이고 결정체이자 분신입니다.

때로는 긴 고독이 슬픔을 위장하고
어설픈 미소로 나에게 다가와 유혹하면
그대의 고독이 그림자처럼 다가오면서
나는 오늘도 그대를 향한 새로운 기대감으로
막막한 그리움에 젖는다.

어머니를 그리며 / 염규식

당신 향한 그리움에
만나 뵐 수 있는 곳에 있다면
외롭고 고달픈 삶의 그림자 모두 버려두고
한달음에 가고픈 조바심은
밤새워 쉼 없이 당신께 달려갑니다.

가시기 전 마지막 상봉 때
쓸쓸히 외로운 모습으로
못난 자식 배웅하시던 그 얼굴
꽃처럼 고우시던 옛 모습 간곳없고

주름져 야윈 손길 마주 잡으니
불효자의 얼어붙은 가슴은
회한의 눈물로 넘쳐흘렀습니다.

귀하신 당신의 당부 말씀에
돌아오는 길 귀한 음성 귓가에 맺혀
어떠한 삶의 무게도 두렵지 않았습니다.
세상의 어떤 사랑이 당신의 사랑과 견줄까

당신의 기막힌 일평생이 생각나
가슴을 울리고 당신을 향한
그리움에 불효자는 오늘도 웁니다.

용서 / 염규식

용서란 모르고 가슴에 못 박힌 응어리
그대들을 향한 원망보다 내가 먼저
용서해야 하는 것을 알 때
내 가슴의 응어리는 사라지고

가슴속에 흐느끼는 당신의 음성
내가 너희를 용서하는데
왜 용서하지 못하느냐
당신의 흐느낌에 나는 울었고
그리고 용서하였다.

당신은 세상의 비방과 조롱 속에
세상의 모든 영혼들을
용서하였다.
눈물로 용서하였고
보혈로 구원하였다.

사랑과 용서가 하나임을
알지 못했던 날들이 후회스럽고
세상을 용서하던 날,
내 가슴에 가득 찬 것은 환희의 눈물이었다.

한 세상 가다 보면 / 염규식

한 세상 가다 보면
하늘이 맑을 때도
흐릴 때도~

한 세상 가다 보면
따뜻한 햇살에
기대어도 보고

한 세상 가다 보면
내리는 빗줄기에
한없이 걸어도 보고

한 세상 가다 보면
바닷가 예쁜 조가비
하나둘 주워도 보고

한 세상 가다 보면
끝이 다 보일 때
가난함도 부유함도 무슨 소용

한 세상 가다 보면
꼭 잡고 가야 할 손은
일으켜주는 구원의 붉은 손

시인 오필선

#프로필

안산 출생, 새솔동꽃집 대표
대한문인협회 회원, 경기지회 홍보국장
(사)한국문인협회 회원, 안산지부 회원
(사)한국산문 작가협회 회원, (사)한반도문인협회 이사
저서 : 시집 「빛바랜 지난날도 그리움이다」 외 동인지 다수

#시작노트

초라한 등줄기 떨어낼 눈물
그대 앞섶에만 어른거리고
미안함도 민망해 고개 감춘다
그대여!
어떤 삶을 살고 싶은가

-시〈후회〉 중에서-

#목차

#시낭송 QR 코드
제 목 : 잠 못 드는 밤
시낭송 : 조한직

시집 〈빛바랜 지난날도 그리움이다〉

가을 단풍 / 오필선

바람 스치는 갈대밭은
늘 지나는 흔들림
붉어졌을까
공연히 헐거워진 틈으로 쏟아진다
나만

바람이 간다
이별이었을까
갈라진 비파 시린 비명처럼
먼 기적 소리에도 흔들리며 떠난다

아름다운 거짓말이라야
아픈 진심이 닿는 거라며
예배당 종소리 같은 바람이 떠났다
사랑했을까
너는

어머니 / 오필선

아스라한 가지 끝을 여리게 매달고
수백 가닥 실타래를 쉼 없이 풀며
푸르러라, 울창해라 그늘로 덮어 주다
눈꽃이 잔설 되어 홀연히 흩날리던 날
손돌바람 서늘한 빈 둥지만 남겨 놓으셨네

그루터기 새겨진 옹이 자국 들추고
곱씹어도 휑한 가슴만 쏟아내던
한없는 사랑에 견줄 길 없는 메마름
멍울 속 애절히 흘러간 야속한 세월에
붉어진 눈시울엔 개여울이 운다

능수버들 / 오필선

하얀 눈꽃을 피우던 시간도
물이 흐를 것 같지 않던 개울도
죽은 듯 앙상한 나뭇가지도
지상에서 가장 고통스럽게
지나가는 시간을 마지막이라고 했다

손을 내밀어야 간신히 잡힐 것 같은
치렁치렁 늘어뜨린 푸른 이파리
어둠마저 희석되어 묽어지게
새로운 희망처럼 호수에 등을 밝힌다

끊임없이 생성되고 소멸한다는 것
장엄하고 거룩한 생명이 잉태된다는 것

그것은

무거워질 대로 무거워져야
웅크렸던 지난날을 지우며
내려앉은 어깨를 치켜올려
말간 하늘을 단단히 틀어쥐고
다시 태어난다는 것이다

벽창호 / 오필선

별을 바른다
흥건히 스민 음습한 미닫이를 열고
한 겹 한 겹
따사로운 볕을 풀칠하듯 바른다

푸르름을 입혀도 꿈쩍 않고
갓난이 춤사위에도 매몰차던
좀처럼 열리지 않던 입으로
별을 먹어 치우는 벽창호

소슬바람을 도르르 말아쥐고
고사리 같은 새순이 오르는
아스라한 흔들림

닫힌 미닫이가 서걱거리며
벽이 별을 받아먹는다

해돋이 / 오필선

여인이었다

강렬하고 뜨거운
너의 열정과 맞서려고
철재 갑옷과 도깨비 투구를 쓰고
당당하게 조금은 긴장되게
그리고 의연하게 버티며
너를 기다린다

붉은 마성의 기운이 감돌고
서서히 모습을 드러내는
의외의 부드러움에 흠칫 놀라
손에 쥔 장검엔 한껏 힘이 쥐어졌다

아려 터질 강렬한 빛은 요원하다
서서히 오르는 너는
한껏 치장한 요염한 여인네

장검을 쥔 손마디 쑥스러워 감추고
알몸으로 마주한 여인네에 반했다
당신이었구나!

잠 못 드는 밤 / 오필선

왜 몰랐을까
밤새 저 담벼락 장미는
달빛 취해 톡톡 달라붙은
이슬방울마저 외면한 채
건성건성 드러낸 허탈함에
부슬부슬 꽃잎마저 떨어낸 것을

왜 몰랐을까
아침이 되도록
가시에 찔린 애련함이
맺힌 이슬을 털어내며
무뎌진 나를 원망하듯
핏빛 장미꽃마저 외면했던 것을

달이 지나면
해가 뜨는 이유는 알려나
먹구름 낀 오늘 밤은 어쩌랴
뽑지도 못한 가시에
밤새 퍼부어 댄 눈물로
꽃잎은 눈마저 감았는데

몽글몽글 솟는 눈물
감춰지긴 하려나
가로등 깜박이는 불빛에
투영되는 내 눈물을
그대는 보려나
건성건성 지나는 잠 못 드는 밤
입 다문 장미 가시를 뽑는다

잠자리 / 오필선

비단 얇은 갑사(甲紗)로 날개 달고
잠자리 한 마리 간짓대에 앉아
살금살금 다가가도 떠날 줄을 몰라
기특한 저 잠자리 예쁘기도 하여라

전생에 저 잠자리 무슨 인연이기에
숨죽여 맴맴 손가락 돌려 꼬드기며
가시랑가시랑 수면의 주문을 외다
화들짝 놀라 잠이 깬 저 잠자리

아! 가을이다

이별 / 오필선

1.
눈물 떨어내
그대 이름에 번져도
그대여
외면해주오

지워내 떨군 눈물
달음질한 끝자락 걸어
설게 여미지 못한 맘
당겨낼까 아프니

2.
설게 여미지 못해
끝자락 걸린 눈물
품지도 못한다
서러워 마오

서툰 달음질이
그대 이름을 스쳐
설픈 낙인으로 새겨져도
고이 가슴으로 묻으리다

후회 / 오필선

기억 저편
망토 감춰 건네준 사랑인데
가시넝쿨 빨간 딸기라도 열렸나
햇볕은 따갑게 내리쬐는데
눌려 처진 등 가여운 그대여

지나쳐 버린 가로수
머물지 못한 바닷가
은하수 넘나든 밤하늘

시린 손 정겹게 잡아나 줄 것을
가는 길 쉬며 바라보게 할 것을

초라한 등줄기 떨어낼 눈물
그대 앞섶에만 어른거리고
미안함도 민망해 고개 감춘다
그대여!
어떤 삶을 살고 싶은가

배웅 / 오필선

너무도 많이 흔들리고 흔들려
기다림에 지쳐 버린 건
그대를 너무 오래도록
내 사람이라 여겨 사랑한 탓이며
그대를 너무 오래도록
돌아올 것 같아 기다린 탓이다

지나간 겨울은
다시 오지 않음을 알았어야 했는데
죽을 만큼 사랑했던 사람과
이별 아닌 이별이라 할지라도
다시 사랑할 수 없음을 아는데

작년에 몽우리를 풀었던 꽃망울이
다시 깨어나도 같은 모습일 수 없듯
눈썹으로 걸린 달이 예뻐서
치켜뜨면 뜰수록
자꾸자꾸 달은 오르고 올라
멀어진 하늘로 걸리고 마는 것인데

어느 곳 어느 세월이든
바람만큼은 흔들릴 테니
죽은 나무에 매달린 상고대가
얼음꽃을 피우길 기다리며
마중했던 사랑이 이제는
그 사랑을 배웅하고 있음을 알았다

시인 유영서

#목차

#시낭송 QR 코드
제 목 : 습지엔 바람만 불고
시낭송 : 박영애

제2시집 〈지우는 마음도 푸른 물든다〉

#프로필

대한문학세계 시 부문 등단
(사)창작문학예술인협의회 회원
대한문인협회 인천지회 정회원
인천시 남동문학회 정회원
시집 〈탐하다 詩를〉
〈지우는 마음도 푸른 물든다〉

#시작노트

꽃 찾아 날고 있는
나비가 되고 싶었습니다

한철 기 살아
목청 좋게 울어대는
매미가 되고 싶었습니다

가을 지고 나르는
잠자리처럼
하늘을 날고 싶었습니다

하얗게 눈 덮인 산야를
시라는 낱말 하나 찾으려
쏘다니는 목이 마른
들개이고 싶었습니다.

못다 쓴 시 / 유영서

힘껏
활시위를 당겼습니다

날아간 화살이
쿵 하고
가을 심장에 박혔습니다

콸콸 쏟아져
붉은 피 흥건합니다

보내는 가을이
저리도 아픈 줄
이제야 알았습니다.

돌아오는 길 / 유영서

눈물 나게 곱습니다

서리 내리니
단풍 더욱더 곱습니다

마음이 깨끗한 길을
걸었습니다

눈으로 읽고
마음에 담습니다

차 창밖 스치는 풍경처럼
내 마음 온통 붉은 가을입니다

이참에
못다 쓴 시 한 편마저 쓰려 합니다.

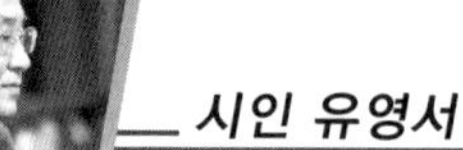

이제는 / 유영서

예끼 이 도적놈아
무슨 미련 그리도 많아

다 떠나보내고
욕심 없이 내려놓는
이 가을날

저 나뭇가지에
대롱대롱 매달려 있는
잔상들

떨굴 수 있다면야
지워버릴 수 있다면야

바람 불자
우수수
떨어지는 낙엽들

비로소 마음 편히
돌아서는 여행길

가을 여행 / 유영서

혼자가 되고 싶을 땐
여행을 합니다

잘 다녀오라는
아내의 목소리가
자꾸만 길을 막습니다

목적지는 없습니다

그냥
걷고 있습니다

풍경 속 그리운 것들이
거기에 있습니다

내가
나목처럼 서 있고

아름다운 가을이
그림처럼 지나갑니다.

올겨울엔 / 유영서

그리운 것들이
차향처럼 그윽하게
피어오르는 주말 아침

텅 빈 가슴에
떠나는 가을이
하나둘씩 들어와 앉는다

붉은색은 누군가의 얼굴로
노란색은 누군가의 마음으로
갈색은 또 누군가의 몸짓으로
푸르고 높은 하늘까지도
마음에 담는다면야

올겨울엔
저 고운 것들
꺼내어 읽는 재미로
심심해하지는 않겠습니다.

안녕 / 유영서

갈 길 서두르는데
찬 바람만 붑니다

시월
마지막 인사인가요

논길 도랑에
자줏빛 옷고름 풀며
톡 하고
쑥부쟁이 피었습니다.

습지엔 바람만 불고 / 유영서

석양에 지는
노을 바라보며
오랜만에
소래 습지를 걷는다

거기 그렇게
있어야 할 예쁜 것들이
보이질 않는다

만조인가 보다
바닷물이
예까지 밀고 들어왔다

숭숭 뚫린
갈대숲 사이로
바람 소리 요란스럽다

사위어 가는 것들 바라보며
눈시울 적시다가

술 한 모금
마시지 못하는 내가
오늘은 거나하게
술 한잔 걸치고
떠나는 것들과 함께
어디론가 떠나고 싶다

겨울 오니 / 유영서

봄여름 가을이
훈육하고 정성 들여 키워낸
어미의 마음이라면

겨울은
다 떠나보내고
홀로 서 있는
아비의 마음 같다

이참에
따뜻한 햇살 빌려다
옷 한 벌
준비해 둬야겠다

저 시린 겨울
등 따시고
마음 훈훈해지게

어쩐대요 / 유영서

설악에는
눈 이 내렸다지요

아름다운 추억 지우려
눈이 내렸다지요

붉은 단풍
저리도 고운데

어디쯤 서성거리는 마음 지우려
눈이 내렸다지요

한겨울도 아닌데
눈이 내렸다지요.

화두 / 유영서

바람도 없는데
낙엽이 진다

저 고요한
외침은 뭘까

시인은
이별이라 말하려다
무릎 꿇는다

받든 가을이
깨끗하다

시인 윤동주

#목차
1. 길

별과 바람을 노래한 시인, 윤동주 // 윤동주(1917~1945)
'잎새에 이는 바람에도' 괴로워했던 시인이자 작가인 윤동주는 중국 길림성 화룡현 명동촌에서 아버지 윤영석, 어머니 김용 사이에서 장남으로 태어났다. 윤동주의 집은 가랑나무가 우거지고 사방이 산으로 둘러싸인 아늑한 곳이었다. 28년 생애의 절반인 14년을 아름다운 자연을 벗 삼아 시인으로서의 감수성을 키운 것이다. 아명은 '해처럼 빛나라'는 뜻의 해환(海煥)이었다. 아버지 윤영석은 동생들에게도 달환(達煥), 별환이라는 아명을 지어주었다.
이처럼 아명 속에서 '하늘과 바람과 별과 시'가 잉태되고 있었던 것이다. 어릴 때부터 하나님과 이웃을 사랑하는 기독교정신에도 영향을 받아 죽는 날까지 한 점 부끄럼 없이 살기를 소망하신 것이다. 한인자치단체 간민회의 회장을 역임한 외삼촌 김약연의 영향으로 민족의식에도 눈뜰 수 있었다.
최초의 시는 1934년 은진 중학교 3학년 때 쓴 '초한대', '삶과 죽음', '내일은 없다'로 알려져 있다. 우리에게 잘 알려진 감성의 시 '별 헤는 밤'은 1941년에 발표되었다. 1939년에 '소년'이 발표되고, 1941년에 '눈 오는 지도'가 발표되는데, 여기에는 '순이'가 등장한다. '순이'는 안온했던 자신의 소년 시절을 의미한다.
윤동주의 아버지는 의과 진학을 희망했지만 문과를 선택한다. 이 무렵에 참담한 민족의 현실에 눈뜨며 그 몸부림이 시에 반영되었던 것이다. 연희전문학교 졸업을 앞두고 '하늘과 바람과 별과 시'라는 시집을 엮었다. 시집 원고 3부를 필사해 한 부는 자신이 갖고 한 부는 출판을 주선해 달라는 요량으로 이양하 교수에게 주고, 나머지 한 부는 후배 정병욱에게 주었다. 훗날 정병욱이 유고집을 출판하는데 큰 몫을 담당한다.
1944년 '재교토 조선인 학생 민족주의 그룹사건'이라는 이름을 붙여 후쿠오카형무소에서 징역 2년의 형을 선고받는다. 1년 뒤인 1945년 형무소 안에서 원인 불명의 사인으로 하늘을 우러러 한 점 부끄럼 없이 29세의 짧고 굵은 인생을 마감한다.

[네이버 지식백과에서 인용]

길 / 윤동주

잃어버렸습니다.
무얼 어디다 잃었는지 몰라
두 손이 주머니를 더듬어
길에 나아갑니다.

돌과 돌과 돌이 끝없이 연달아
길은 돌담을 끼고 갑니다.

담은 쇠문을 굳게 닫아
길 위에 긴 그림자를 드리우고

길은 아침에서 저녁으로
저녁에서 아침으로 통했습니다.

돌담을 더듬어 눈물짓다
쳐다보면 하늘은 부끄럽게도 푸릅니다.
풀 한 포기 없는 이 길을 걷는 것은
담 저쪽에 내가 남아 있는 까닭이고,

내가 사는 것은, 다만,
잃은 것을 찾는 까닭입니다.

시인 이동백

#프로필

청주 거주
대한문학세계 시 부문 등단
(사)창작문학예술인협의회 회원
대한문인협회 대전충청지회 사무국장
대한창작문예대학 졸업

#시작노트

국민학교 다닐 때 상을 받아보고
까마득한 세월이 흘러
회갑이 지난 후 상을 받았습니다.

상을 받는다는 것은 벅찬 기쁨으로
가슴이 설레는 일이었습니다.

상을 받을 기회를 제공해 주는
대한문인협회에 소속된
시인이라 얼마나 다행인지 모릅니다.

저를 위한 특집이라는 생각으로
수상작을 모아 참여하여 행복합니다.

#목차

#시낭송 QR 코드
제 목 : 벼랑에 선 천년 지기
시낭송 : 박순애

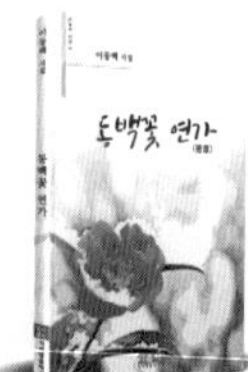

시집 <동백꽃 연가>

사색의 뜨락에서 / 이동백

세월은 세상을 바꾸고
청춘을 등지게 해도
상념의 뜰에는 바람이 인다

구 남매 키워 낸
가슴 저미는 아버지의 애환
애증의 이랑을 세던 어머니
한 많은 숙명의 세월

속절없는 옹이 진 아픔도
애잔한 그리움으로 윤색되어
황혼의 내 영혼을 울린다.

악마의 춤 / 이동백

오감으로도 감지할 수 없는

형체도 없는 것이

영혼을 비틀려는 섬뜩한 춤사위에

덧난 세월 구멍 난 가슴만 탄다.

**주제: 코로나 19*
2020 짧은 詩 짓기 전국 공모 금상 수상작

하얀 미소 / 이동백

마곡사 정문 해탈문을 지키는
금강 역사상 문수동자상과 눈인사 하고
속세를 벗어나 불계의 마당으로 들어선다.

두 번째 천왕문은 불법을 수호하는
사천왕의 올바른 인도를 마음에 새기며
더 깊은 불법의 진리로 향하라 하는 듯한데

쇠 북 종을 바라보며 극락교를 건너오니
대광보전 앞 석탑에 매달린 풍경 사이로
지나가는 바람이 하얀 미소를 건넨다.

대광보전 위에 앉아있는 대웅보전 옆
'그대의 발길을 돌리는 곳'이란 문구는
깊은 생각에 젖어보라는 울림으로 남는데

옹이가 썩은 나무는 삶의 의미 일러주고
노승의 독경 소리 목탁 소리는
사바세계의 고통을 잊으라 하는데

움켜쥔 마음 내려놓지 못하면서
허세와 위선의 탈 벗지도 못하면서
고목의 빈 가지 사이의 허공에 귀를 열고
소리 없는 소리를 들으려 한다.

**신인문학상 수상작*

울타리 / 이동백

안채에서 멀다 하여 내 것이 아니더냐
오고 가는 발걸음에 잠든 혼 깨어나는 그곳
내일을 건져 올리는 보물섬이다.

**주제: 독도*
2019 짧은 詩 짓기 전국 공모 동상 수상작

벼랑에 선 천년 지기 / 이동백

솔향 솔솔 풍기는 산막이옛길
깎아지른 절벽에 매달린 백년송
말 한마디 건네지 못한 채
오가는 이의 시선을 유혹하며
지나가는 발길 멈추게 한다.

사시사철 푸르름으로
하나의 꿈을 심어주는 소나무는
내 마음 그대에게 머무는 동안
붙잡고 놓아 주지 않는 여운은
바람에 흔들리고 세파에 흔들릴 때
변하지 않는 푸른 정신일 게다.

화려한 꽃으로 소리 내지 못해도
잠들지 않는 영혼의 눈물 멈추게 하는
꽃보다 더 은은한 향기로
시린 가슴을 파고들어
무딘 나의 얼을 일깨운다.

** 주제 : 소나무*
대한창작문예대학 제9기 졸업 작품 경연대회 동상 수상작

속절없는 그리움 / 이동백

헤어날 수 없는

눈먼 끈에 묶인 천륜은

내 안에

기대와 갈등의 가슴앓이로

아린 영혼에

애증의 강이 흐른다.

**주제: 자식(아들 딸)*
2021 짧은 詩 짓기 전국 공모 은상 수상작

찬비 연가 / 이동백

멀쩡한 내 마음을 흔드는 가을비가
소리 없이 가슴으로 스며들어
흘러간 세월의 추억을 지우며
마른 영혼 달래주려 합니다.

잔잔한 호수에 떨어지는
수많은 동그라미의 속삭임은
빈 가슴 허기 채워주지 못해
찻잔을 마주하고 묵상에 잠깁니다.

비에 젖어 떨어진 낙엽들은
그리움에 젖은 내 마음인 양
밟혀도 숨죽인 채 울지 못하고
스쳐 가는 바람을 붙잡고 애원합니다.

**주제: 가을비*
2019 향토문학 작품 경연대회 동상 수상작(대전충청지회)

강물 위에 얹힌 풍경 / 이동백

선인들의 지혜가 숨 쉬는 구름다리

산모퉁이 휘돌아온 강물 위에 앉아

세월을 노래하며

시간을 동여매 붙들고 있는데

동과 서를 사이에 두고 놓인 외길

만나면 반가움에 건네는 눈빛

슬 적 비켜서는 마음속엔 정이 묻어나고

그리움의 허기 달래던 기억 저편에

가물거리는 타다만 상처가 쓸쓸히 웃는데

흘러간 그리움 짊어진 나그네

돌아서는 발길 망설이게 하는 섶다리

*주제: 섶다리
2018 향로문학 작품 경연대회 동상 수상작(대전충청지회)

해가 가고 달이 가도 / 이동백

꽃 보면 기쁘고 잔 들면 정답다

꽃 속엔 사랑이 숨어 웃고
마주한 술잔에 어리는 추억은
그대와 어울린 낭만 시절이 그리워
나그네 빈 가슴에 여울이 진다

몸은 늙어도 마음은 청춘인 것을

어둠을 밝힌 빛글 / 이동백

바늘과 실이 만나 한 땀 한 땀
줄기와 이파리를 만들 듯
닿소리 홀소리는 뼈와 살이 되어
숱한 꽃송이로 피어나
하얀 설렘을 주네

가로줄 세로줄 동그라미 빗금이 어우러져
그믐밤별처럼 초롱초롱한 글이 되어
동살처럼 온 누리를 비추고
오롯이 품고 있는 뜻은 없는 길을 만든다.

마루 아래 뉘 어느 곳에서
이토록 소름 돋을 먹빛 만남이
눈을 열어 감치는 느낌으로
춤사위를 펼치는 어울림을 녹여낼까

닿소리 홀소리가 만들어낸
거믄 즈믄 온 일흔두 개의 글귀는
별이 되고 구름이 되고 바람이 되어
소리 없는 울림으로 가슴에 남아
겨레의 얼로 살아 숨 쉬고 있다.

낱말풀이:
빛글 : 세상 사람들의 빛, 곧 길잡이가 되는 글을 쓰라는 뜻 / 숱한 : 아주 많은
초롱초롱 : 별빛이나 불빛 따위가 밝고 또렷한 모양 / 동살 : 새벽에 동이터서 훤하게 비치는 햇살
온 누리 : 온천지의 우리말 / 오롯이 : 모자람 없이 온전하게 / 마루 : 하늘의 우리말
뉘 : 세상의 옛말 / 감치는 : 잊히지 않고 늘 마음에 감돌다 / 거믄 : 만에 해당하는 우리말
즈믄 : 천에 해당하는 우리말 / 온 : 백에 해당하는 우리말 / 얼 : 정신의 줏대

*순우리말 글짓기 주제: 가갸 가갸날, 한글 창제 572주년 기념 전국 시인 공모 우상 수상작

시인 이만우

#목차

#시낭송 QR 코드
제 목 : 아침에는
시낭송 : 최명자

공저 <2021 현대시와 인물 사전>

#프로필

2018년 대한문학세계 시 부문 등단
(사)창작문학예술인협의회 회원
대한문인협회 경기지회 기획국장
2019년 한국문학 올해의 시인상 수상
2021년 명인명시 특선시인선 출품

#시작노트

지난날을 되돌아보며
아름답던 추억과 기억조차 하기 싫은
수많은 일들이 스쳐 지나간다.

그것을 세상 밖으로 나오게 하는
힘을 갖고 싶다.

시는 그런 것이다.

억새 / 이만우

바람이 살랑살랑 불어대는
산과 들판은 수많은 사연이
강물처럼 넘실대며 흐른다.

그 바람이 실어다 주는 소식에
울기도 하고 웃기도 하며
빠르게 지나가 버린다.

지나간 후의 내 모습은
어떻게 변해 있을까 하고
항상 생각해 본다.

나는 그대처럼 한곳에
서 있으면서 바람에 흔들거리며
귀 기울여 새로운 소식을 기다린다.

어머니 / 이만우

하늘에 계신 어머니
보고 싶은 그리움에
가슴 한구석이 아려온다.
쌀쌀해져 가는 늦가을에
비가 세차게 내리고 있는데
비 맞을까 걱정이 된다.

항상 나의 마음을 지탱하여
주신 그 덕분에 올바로 살아갈 수 있었던
정신적 지주였던 어머니였다.

곁에 계실 때는 몰랐는데
세월이 많이 흘렀어도
언제나 그리움은 사라지지 않는다.

시인 이만우

외로운 낙엽 / 이만우

앙상한 나뭇가지에
덩그러니 걸려 있는
외로운 낙엽이 있다.

바닥에는 그동안 같이 지냈던
친구들이 어서 오라고
바람에 날리어 가며 소리친다.

갈까 말까 망설이다가
조금 더 생각해 보기로 하고
안간힘을 쏟아내며 견디고 있다.

거센 바람에 나뭇잎은 떨어지고
바닥의 친구들과 잘 어울리며
이리저리 세파에 흔들리면서 간다.

허수아비 / 이만우

참새들이 재잘거리며 날아들고
까치들은 큰소리를 내면서
잘 익은 곡식을 찾아 떠난다.

누렇게 익어가는 벼 줄기 위는
새들의 놀이터가 되었지만, 벼는 줄기가
꺾일 정도로 휘어져 힘겹게 버틴다.

멀리서 새를 쫓는 소리가 들리면서
게으른 할아버지는 논두렁으로 다가서며
허수아비를 헛웃음 치며 살며시 웃는다.

그저 서 있기만 하면서
새들과 친구가 되기도 하고
할아버지와 친구가 되어 있다.

조각배 / 이만우

뒷동산에 올라가면
땔감을 만들고 베어진 소나무의 그루터기는
두꺼운 껍질을 가지고 있다.

작은 손은 조각칼을
세밀하게 요리조리 움직이며
조각배를 만들어 간다.

귀엽고 깜찍한 작은 배는
졸졸 흐르는 시냇물에
사랑을 실어 나른다.

사랑을 실은 조각배는
아주 먼 곳까지 가서
멋진 세상을 만들어 가자.

네발나비의 사랑 / 이만우

여름 어느 날 갑자기
나의 팔 한곳에
살며시 다가와 앉았다.

나를 뚫어지게 바라보더니
긴 빨대로 땀샘을 찾아
여기저기를 마구 휘저으며 다녔다.

빨대의 간지러움을 참아 가면서
팔을 움직여 보았지만
그대는 아무렇지도 않게 머물렀다.

잠깐의 시간이었지만
네발나비는 갈 길을 갔지만
나에게 왔다 가서 매우 흐뭇하였다.

화살나무 / 이만우

거칠고 투박한 껍데기는
뾰족하게 돋아 있어
옛 무사들의 화살처럼 보인다.

가냘픈 줄기가 휘어지지 않게
보호를 하려는 모양으로
아무도 접근하지 못하게 하려 한다.

빨간 열매는 다정하게 이야기를
나누는 오누이같이
소박하게 매달려 있다.

누군가의 손에
저 열매들은 사라지겠지만
나는 고이 간직하련다.

아침에는 / 이만우

진한 어둠을 뚫고
서서히 다가오는 거대한 힘에 못 이기고
나는 잠에서 깨어난다.

아직 꿈속을 헤매고 있는 것 같이
혼돈의 상태에서 멍하니
천장만 바라보며 정신을 차리려고 한다.

꿈과 현실 사이를
가로지르는 경계선에서
항상 고민하고 있다.

마음을 가다듬고 새로운
하루를 즐기기 위한 준비는
너무 힘들지만 가야 하는 길이다.

버들피리 / 이만우

줄기와 껍데기 사이로 신선한 물줄기가
쉼 없이 오르락내리락 거리며
생명을 움트게 하고 있다.

물이 오른 한줄기를
살며시 부여잡고 순간적으로 꺾어
약간 비틀어 주고 줄기를 빼낸다.

껍질을 다듬고 그 끝을
살짝 조심스럽게 눌러주고
한 둘레를 벗겨낸다.

입으로 불어 대면
멋지고 아름다운 소리로
나를 즐겁게 해준다.

갈림길 / 이만우

나는 어디로 가야 하나?
항상 갈림길이 나올 때면
정신이 혼미해진다.

정신을 차리고 한참을 가다 보면
왔던 길을 다시 다른 길로 가기에는
너무 멀리 와 있다.

내가 온 길을 다시 보듬어 보고
어떻게 가야 하는지
곰곰이 생각하여 길을 재촉한다.

가도 가도 제자리인 것 같은
나의 길은 언제나 갈림길이고
쉼 없이 그 길을 향해 가고 있다.

시인 이문희

#프로필

2017년 대한문학세계 시 부문 등단
(전)서울시인대학 감사
(현)대한문인협회 정회원
(현)서울시인학교 정회원
(현)문학의 숲 고문
한국문학 올해의 시인상(18)
한국문학 발전상(19)
〈공저〉
2020년 명인명시 특선시인선(19)
2020년 유화로 보는 명인명시선(20)
시인의 마을(18)
시인의 밥상(19)
시인의 동행(20)
(월간)문학바탕(21)
달빛 드는 창(21) 경기지회 동인지
시인의 만찬(21)
시와 에세이 17(21.11. 월간 문학바탕 특집호)

#목차

#시낭송 QR 코드
제 목 : 빈 의자
시낭송 : 박순애

공저 〈2020 명인명시 특선시인선〉

변산반도 채석강 / 이문희

격포항 우측
닭이봉 밑자락에
화강암 편마암 기저층
수십만 권의 책방을 꾸린 듯
함께 어우러진 풍치가
입이 마르게 만인의
찬탄을 받고 우뚝 서 있다

추적추적 가을비 내리는 날
속옷까지 팽개치고 이제서야
내보인 알몸의 암반층

온몸 구석구석 뼛속까지
침식한 기막힌 암세포들
수천 년을 할퀴고 간
짓 찢긴 아픈 상흔들

먼바다 파도 소리 울며불며
기러기 떼 위문객 모여들고
운명을 독촉하는 가련한
사랑아!

하늘도 따라 함께 우네
갑자기 굵어지는
가을 찬 소낙비.

빈 의자 / 이문희

역전에서 집에까지
500여 미터
중간지점 가게 앞에
덩그러니 혼자 앉은
등받이 없는 빨간 빈 의자

싸늘한 소소리 찬 바람
낙엽 구르는 소리
비둘기 한 쌍 날아와
옛 주인 찾아 구구대는데

마중 나온 구부정한 허리
서리 내린 할머니
내자(內子)의 모습 오간 데 없고
찾아올 주인 없는 텅 빈 의자

석양이 붉게 물든
서편 먼 하늘
길 잃은 기러기
울며 울며 홀로 날으네

텅 빈 잠자리 / 이문희

다섯 자 반에 55kg 임자
작은 체구
구만리 장천을 떠도네

만취한 몸 죽은 듯
거실 찬 바닥에
잠들어 있어도 이젠
잔소리하는 이 없고

깨어있는 유일한 친구
TV 저 홀로 맘껏
떠들어 대고 있구나

가까스로
불쌍한 내 친구
입을 틀어막고
적막의 어둠 속
엉금엉금 기어드는
싸늘한 잠자리

꿈속에서라도
한 번 꼭
보고 싶은 쭈글쭈글 흰머리
베갯잇 적시는 임자 그 얼굴

이별의 의미 / 이문희

위로는 조부모. 부모님 상
아래로 초등3 누이와
매제 셋 고모부님

13년간 모신 장모님상
손윗동서 처형 아홉 분
끔찍이나 사랑 주신
외조모님 외갓집 여섯 분

적잖은 이별의 아픔을
견디며 살았습니다

수많은 이별들이
태풍처럼 지날 때마다
들이킬 수 없는 슬픔을
이겨내야 했지만

나이 들어 먼저 보내야 하는
아내와의 이별은 확연히
내 몸 반쪽을 찢어내는 죽을 만큼
못 견디는 쓰리고 아픈 통한

피 한 방울 섞이지 않는
그가 이를 악물고
이제서야 한 몸이었음을
통절하게 못 견디는 고통입니다

봉석묘원 성묫길 / 이문희

경주이문 익제공파
32대손 휘 “석”자 “복”조
슬하 39대손 “상” 자행
53기 합동묘역

사방팔방 산재한
조상님 귀하신 얼
죽기 전에 한 곳에 모시어
영원무궁 기리고자던 날

봉분을 올리던 그 순간
봉산 골짜기 일대가
황금빛 운무로 가득 채운
찬란한 명당의 꽃을
피우셨습니다

2012년 6월 2일
정성스런 제막식을 올리고
자손만대 번영과 돈목을
빌고 빌었습니다

그런 장 주부 말도 못 하고
면회조차 금지된 중환자실
식물인간 되어 누워 있다니요?

중추절 지나고 성묘 가던 날
속 좁은 이 불효 자손
두 다리 구르면서 오호 조상님!
목을 놓아 대성통곡
멈출 수가 없었습니다

유품 정리 / 이문희

도저히 살아 돌아올
가망이 안 보여
하나씩 하나씩
가족 몰래 유품 정리를
하기로 하였습니다

한가지 한가지씩
버릴 적마다 한숨과
시야를 가리는 짙은 운무
눈시울 뜨거운 방울방울들

장롱 속 깊이 꼭꼭
보물처럼 간직해 둔
첫날 밤 깔고 덮었던
곱고도 고운 원앙금침

뜯지도 않은 상자째로
쌓아 둔
낭군의 양말과 속옷들

기워 신은 임자 양말 짝
다 헤져 헐거운 팬티와
구멍 난 내복들을 한밤중
숨죽여 끌어안고
흐느껴 울고 울었습니다.

사육 / 이문희

옆구리에 시장 빽 매고
늙고 노쇠한 동물
죽지 않기 위하여
사육의 시장길 나선다

아궁이에 불 지피지
않고도 익혀진 음식들
얼마든지 구할 수 있어
그래도 지금은 복 받은 세월

수많은 젊고 늙은
시장 파도 너울 타고
한 짐 가득 채워지고

한숨 눈물범벅이 된
비 내리는 사육의 장터
뚜벅뚜벅 걸어서 간다.

문안 인사 / 이문희

81세 망구(望九) 질녀의
오랜만에 문안 인사

날이 갈수록
문밖출입이 싫어지고
대부분 시간을 치매
남편과 마주 보고 앉아

저 영감이 먼저 죽어야
내 손으로 꼭꼭 묻어주고
뒤따라가야 할 텐데
제일 그것이 걱정이란다

병원 중증 환자실
임자는 가까스로
숨만 쉬는 식물인간 되어
먼저 간다 줄 서 있는데.

대속 고통(代贖 苦痛) / 이문희

말로서 다가 아니고
몸과 마음에서 샘솟는
간절한 눈물의 기도

상처 입은 아픔까지도
대신 짊어지고 뼈를 깎는
극심한 고통을 함께
감내하시는 대속 고통

성령이 감응하시어
병든 생명 구원하시는
초인적 헌신과 사랑

성천이 흐르는
은혜의 땅 나주 성지
기적의 성수와 함께
치유은총 베푸시는 대리자여!

로마 교황청, 백악관으로
오늘도 그늘진 지구촌 인류
따뜻한 구원의 손길
방방곡곡에 메아리치네

심의(心醫)와 나이팅게일 / 이문희

안녕하세요
담당교수 ㅇㅇㅇ입니다
06:50-07:30분에 회진
예정이 오니 궁금한 점
회진시 질문 바랍니다

매일 아침 06:30 문자가 뜬다
그 시간에 회진하려면
매일 새벽 05시에는 기상해야
가능한 일이다

토요일 일요일도 예고 없이
회진을 나선다고 한다

환자의 마음마저 치료할
수 있어야 한다는 심의(心醫)
숨은 명의가 있다

꽃처럼 예쁘고
상냥한 나이팅게일
고결한 마음씨들
엄마 아빠의 딸이 되어
환자의 다정한 가족이 된다

구절초 향보다 더 고운
순천향대학교 부천병원.

시인 이상노

#목차

#시낭송 QR 코드
제 목 : 처가에 가면
시낭송 : 박영애

공저 <2021 현대시와 인물 사전>

#프로필

충남 당진 거주
대한문학세계 시 부문 등단
(사)창작문학예술인협회 회원
대한문인협회 정회원
2021명인명시 특선시인선 선정
조선어연구회 발족 100주년 기념 현대시와 인물 사전 선정

#시작노트

헝클어졌던 인생 여정을 노래하려 합니다.
사랑도, 행복도, 희망도
모든 것이 헝클어졌던
지난 여정을 노래하려 합니다.
갈등처럼 헝클어진 여정에 괴로워하며 울분을 토하던 지난날
이젠 차분히 한 문장, 한 문장 노래하려 합니다.
마지막 책장을 넘기는 그날까지
한 잎의 아름다운 가을 잎새처럼
향기 나는 노래를…

세상의 온갖 소리 / 이상노

가만히
가을 소리 한줄기 훔치려다
알몸으로 달려드는
온갖 세상 소리에 귀를 빼겼다

이명처럼 달려드는
멀리 가지도
높이 오르지도 못하는
무겁고 복잡한 인간사의
무수한 어지러운 소리

그중
목덜미를 타고 흘러나오는
청량한 산새들 사랑 노랫소리에
웅크린 마음 달랜다.

달과 구름 / 이상노

휘영청
달이 둥글게 부풀었습니다
온 세상이 밝습니다
시커먼 구름은 달을 보고
자꾸 머리를 디밉니다
달을 무척 좋아하나 봅니다
달을 자꾸 부둥켜안습니다
달은 시커먼 구름이
무척이나 싫은가 봅니다
구름을 자꾸 밀어냅니다
달은 구름을 겨우 벗었습니다
달의 얼굴은 새색시 뽀얀 얼굴처럼
붉게 물들었습니다
구름은 미련이 남아 있나 봅니다
달의 주변을 자꾸 서성입니다

나도 시커먼 구름을 떠밀어 봐야겠습니다
달처럼 휘영청 밝을 겁니다

아내 때문에 울었습니다 / 이상노

아내의 허리를 주무르다 울었습니다.
토실토실하던 허릿살은 다 어디 가고
앙상한 모습에 그만
내 가슴이 울었습니다.

두 아들을 곧게 키워낸
일류의 산처럼 위대했던 아내의 젖가슴이
힘없이 야윈 모습을 보고 애잔하여
내 가슴이 울었습니다.

바다처럼 깊은
아내의 가슴속을 들여다보았습니다.

가슴을 억누르며 내 허물을 다독였던
백옥같이 하얀 가슴이
시커먼 숯검정이 되어 있어
미안한 마음에
내 가슴은 또 뜨겁게 울었습니다.

시곗바늘을 뒤로 돌려볼까 생각도 했습니다.
그러나, 시곗바늘은 너무 많이 돌아가 있었습니다.

그냥, 처음의 마음
처음의 마음으로 돌아가기로 했습니다.

처가에 가면 / 이상노

산모퉁이 돌아 언덕 올라서면
산바람에 풀벌레 사랑 속삭이고
한들한들 나뭇가지 위 산새들
청량한 사랑 노랫소리 정겹게 다가온다.

산모퉁이 돌아 언덕 올라서면
고즈넉한 집 한 채
문 앞 의자에 하얀 머리 장모님!

주름진 뱃살에 힘주며
굽은 허리 일으켜 세우시고
이 서방 왔는가
정겹게 나를 반기는
해님같이 환한 얼굴!

산모퉁이 돌아
언덕 올라서서 한숨 돌리면
들려오는 정겨운 소리
이 서방 왔는데, 술상 안보고 뭐하나!

땅을 뚫고 올라오는 그 소리
구름 뚫고 내려오는 그 소리

정겨웠던
그리운 그 목소리 귓전에 맴돈다.

꽃 중의 꽃 / 이상노

꽃 중의 꽃은
너무 경이로운 꽃이기에
언제나 엄마의 가슴속 사랑 온기로
이슬처럼 영롱하고, 태양처럼 찬란해야 합니다.

꽃 중의 꽃은
너무 사랑스러운 꽃이기에
엄마의 젖을 물고
가슴에 얼굴을 묻고 비비며
눈을 마주치는 것, 이것이
영원한 사랑의 통로라고 말하는 것입니다.

꽃 중의 꽃은
너무 소중하기에
흔들어서도, 꺾어서도 아니 되고
사랑의 온기가 흐르는 엄마 품속에서
언제나 꿈을 먹고 있어야 합니다.

꽃 중의 꽃은
세상에서 가장 예쁘고, 미소가 맑은 꽃입니다.
사랑의 자양을 먹고, 꿈을 꾸는
성스러운 꽃입니다.

혼탁한 세상을 맑게 지워주는
한 송이 예쁜 '인꽃' 입니다.

나는 잡초입니다 / 이상노

나는 척박한 땅에서도 터를 잡고
싱그런 미소 지으며
꿋꿋하게 살아갑니다.
그런 나를 보고 사람들은
잡초라고 부릅니다.

나는 누가
물 한 방울 주지 않아도
목마름을 불평하지 않습니다.

눈길 한번 주는 이 없어도
그저 태어난 곳에서
의연하고 굳세게 버티는
끈질긴 생명력을 지닌 잡초입니다.

삶이 창으로 찔리는 듯
아프고 고통스러워도
잠시 걸음을 멈추고
나를 한 번 들여다보세요.

휘몰아치는 겨울 찬 바람과
집어삼킬 듯한 폭풍에도 굴하지 않는
나의 생명력을 느껴 보세요.

나를 보고
이름 모를 잡초라고 불러도 괜찮습니다.
나는 온실 속 화초를 부러워하지 않으니까요.

한 잔 술 / 이상노

한 잔 술에
저물어 가는 세월 붙잡고
아득히 먼 석양 바라보며
인생 담아 술을 마신다.

두 잔 술에
달의 고독과
별의 고독을 담아
그리고
나의 고독까지 채워 술을 마신다.

석 잔 술에
빛바랜 그리움과
스치듯 지나간 바람까지
그리움이란 그리움 모두
끌어다 부어 술을 마신다.

나머지
한 잔 술엔
언약만 남겨 놓고 강 건너간 사랑과
가슴에 박혀있는 사랑의 화살을 그리며
술잔에 사랑 담아 노래하리라.

가을 / 이상노

빨갛게
그렇게 미쳐 버리더니
기다릴 사이도 없이 벗었다

슬그머니 슬그머니
홀랑 벗었다

봄
여름
가을 모두

깊게 팬
가을 추억 만지작거리며
시린 가슴 매달고
그 길
가을을 걸었다.

그대는 가을 / 이상노

그대에겐 서걱거리는
한 잎의 가을 낙엽처럼
잘 익은 달콤한 향기가 있습니다.

꽃처럼 물들어가는 가을 단풍!

그것이 떨어지는
한 잎의 낙엽일지라도
향기로운 그대는
아름다운 중년입니다.

갈대의 부드러움으로
모진 바람을 견디며
여기까지 달려온 그대는
가을의 아름다운 희망의 빛이여…

터널 속 세상 / 이상노

빛 하나 없는 캄캄한 터널 속 세상
한 줌 희망의 빛이 그리운 곳

그 찬란한 빛을 보기 위한 몸부림으로
저마다 숱한 사연의 아우성이 있는 곳

자본의 상징인 높은 굴뚝에선
쉴 새 없이 하얀 연기 내뿜고
화물선 뱃고동 소리 울리며
푸른 물살 가르는 데

세상에 떠밀려 만들어진
벼랑 같은 터널 속 세상은
빛이 없어 꽃이 피질 못한다

삭막한 이 터널에 디딤돌이 될 수 있는
희망의 한 줌 빛이라도
희망의 한 송이 꽃이라도
필 수 있다면...

시인 이상화

#목차

민족주의 시인, 이상화 // 이상화(1901~1943)

호는 무량(無量), 상화(尙火, 想華), 백아(白啞, 白亞). 1901년 4월 5일 대구 출생. 7세때 아버지를 여의고 14세까지 백부의 훈도를 받으면서 가정 사숙(私塾)에서 수학했다.

18세때 경성중앙학교 3년을 마쳤고, 1919년 3·1만세운동 당시 친구 백기만(白基萬) 등과 함께 대구학생봉기를 주도하다가 발각되기도 했다. 1921년 프랑스 유학을 목적으로 일본에 건너가 아테네 프랑세에서 프랑스어와 프랑스문학을 공부하다가 1923년 9월 관동대진재(關東大震災)를 겪고 고국으로 돌아왔다. 1927년 의열단 이종암(李鍾巖) 사건에 연루되어 구금되기도 했고, 1937년 백씨 이상정 장군을 만나러 만경(滿京)에 갔다가 돌아오자마자 일본관헌에 붙잡혀 4개월 동안 옥고를 치렀다. 그 후 대구교남학교에서 교편을 잡았으며, 교남학교를 그만둔 후 「춘향전」의 영역본(英譯本)과 국문학사 등을 기획하고 독서와 연구에 몰두했으나, 완성치 못하고 1943년 4월 25일 사망했다. 대구광역시 달성공원에 시비가 세워져 있다.

[네이버 지식백과에서 인용]

빈촌의 밤 / 이상화

봉창 구멍으로
나른하여 조으노라.
깜작이는 호롱불
햇빛을 꺼리는 늙은 눈알처럼
세상 밖에서 앓는다, 앓는다.

아, 나의 마음은
사람이란 이렇게도
광명을 그리는가.
담조차 못 가진 거적문 앞에를
이르러 들으니, 울음이 돌더라.

시인 이육사

#목차
1. 꽃

가시밭길을 걸어간 민족의 저항시인, 이육사 // 이육사(1904~1944)

이육사의 시는 거친듯하면서도 아름답고, 광야에서도 작은 불빛처럼 빛난다.
경북 안동군 도산면 원촌리에서 이가호(퇴계 이황의 13대손)와 허길 사이에서 6형제 중 둘째 아들로 태어났다. 본명은 이원록. 1927년 장진홍의 조선은행 대구지점 폭파 사건에 연루되어 3년 간 옥고를 치렀다. 죄수 번호가 264여서 그때부터 이육사라는 이름을 쓰게 되었다. 이 이름부터가 죄인이라는 자조 섞인 그만의 저항의식을 드러낸 것이라 볼 수 있다.
1930년 1월 3일 첫 시 '말'을 조선일보에 발표하였다. 1935년 다산 정약용 서세 99주기를 기념하여 "다산문집" 간행에도 참여하였다. 그 해부터 본격적으로 시(詩)를 쓰기 시작하였다. 1939년(35세)에 '청포도', '절정'은 36세, '광인의 태양'은 1940년에 발표하였다. 그의 생애는 1944년 1월 16일 새벽 5시 중국 베이징 일본총영사관 감옥에서 순국한 것으로 짧은 인생을 마쳤다.
2년 후 동생 원조가 "육사시집"을 출판하였다. 육사는 39년 동안 열일곱 번의 옥살이를 한다. 일제의 경찰과 헌병에 의해 구금과 투옥을 반복하였다. 그때마다 학대와 고문이 심했지만 일제에 굴하지 않고 항일, 반제국주의 투쟁의 고삐를 늦추지 않았다. 독립을 위해 죽는 그날까지 불사신처럼 가시밭길을 치달려 간 것이다. 죄수 번호 이육사로 생을 마감했지만 그 분의 시는 우리 가슴에 청포도처럼 알알이 남아 있다.
여기에 소개할 대표적인 이육사의 시 '절정'은 1940년 "문장"에 발표된 것이다. 일제 식민지 시대의 절망을 극복하려는 의지가 엿보이고, 저항의식을 담은 저항시의 백미라고 일컬어진다.

[네이버 지식백과에서 인용]

꽃 / 이육사

동방은 하늘도 다 끝나고
비 한 방울 내리잖는 그 때에도
오히려 꽃은 빨갛게 피지 않는가.
내 목숨을 꾸며 쉬임 없는 날이여.

북쪽 툰드라에도 찬 새벽은
눈 속 깊이 꽃 맹아리가 옴작거려
제비떼 까맣게 날아오길 기다리나니
마침내 저버리지 못할 약속이여.

한 바다 복판 용솟음치는 곳
바람결따라 타오르는 꽃 성(城)에는
나비처럼 취하는 회상의 무리들아
오늘 내 여기서 너를 불러 보노라.

명인명시 특선시인선 2022

시인 이재용

#프로필

동아대학교 졸업(1972년)
한국다도대학원 졸업
대한문인협회 경남지회 정회원
진주 남강문인협회 정회원 및 연수원장
(현)진주 연화회 회장
한국 차 문화 연합회 이사
대한문인협회 신인상 수상(2015년)
한국문학 올해의 작가상 수상(2016년)
제1시집 〈찻물 끓는 소리〉
제2시집 〈비워둔 찻잔〉
진주 남강문인협회 년호 11집, 12집, 13집
(2020, 2021,시 연제)
現 시 창작 활동
향운다원 운영

#시작노트

먼저 인사드립니다
명인명시 특선시인선에 8편의 시가 자연
인간 사물의 공간적 시어들이
정갈하게 표현되었는지 부끄러운 글 같
습니다만 선정된 것에 감사드립니다
앞으로 좀 더 아름답고 의미 있는 글로 많
은 분들에게 사랑받고
기억에 남는 글이 되도록 하겠습니다
고맙습니다 감사합니다

#목차

#시낭송 QR 코드
제 목 : 길
시낭송 : 박순애

제2시집 〈비워 둔 찻잔〉

길 / 이재용

나는 어제도 오늘도
끝없는 길을 걷고 있다

좁다란 사립문을 지나
요리조리 사잇길을
걷고 있다

걷다보면
철부지 꽃도 보고
개울물 웅덩이 피라미
파란 하늘 구름도

걷다보면 사색에 젖어
자신의 길을 보기도 하고

길은 우리에게
많은 것을 말하고 있다

길은 배움의
길이기도 하고
스승같은 텃밭이다

길
무언으로 우리에게
인생이란 가르침을
행하라 속삭인다

모르고 걷고
있을 뿐이다

오려나 겨울이 / 이재용

오나 봐
살금살금 겨울이

아침 귓가에 스치는
바람이 속삭이더니

파란 잔디 끝자락에
희디흰 가느다란
은빛 구슬 맺히더니

여름에 왔다 간
울타리에
외롭게 핀
늦 장미꽃
은구슬이 놀더니

어제는 가을이더니

야단법석
소가야 가을 잔치
너도나도 어린이도
정겨운 차축제
가을꽃 활짝 피었는데

겨울이 오나 봐
오늘이 겨울 문턱
입동이라네

기도 / 이재용

뭘 빌었을까
간절한 맘
어디에 두고

파란 가을 하늘 아래
두 손 꼭 잡고
뭘 간절히 기도할까

정성껏 차 한 잔
우려 놓고
세계 평화를
가족의 안녕을 빌까

그 맘 아무도 모른다

아름다운 찻잔에 / 이재용

날 찾는
그대 찻잔에
뭘 담아드릴까요

여기에

예와
존경
사랑
겸손
배려
정
모든
즐거움을
가득 담아
드리겠습니다

한 잔의 차이지만
따뜻한 정으로
그대를 맞이합니다

언제나
접대받는 분위기로
그대를 맞이하고
있습니다

한잔 한잔에 맛과 향
아름다운 삶의 정을
담아 드립니다

가시는 길에
부담 없이 미소를 머금고
가실 수 있도록

되돌아볼 수 있는
마음의 영혼이 잠들 수 있게

아름다운 미소의
얼굴이 되시게
그대를 모시오니

부담 없이 오고 가는 길에
한 잔의 차가
기다리고 있어요

아름다운 찻잔에
모락모락 따뜻한 정의
향기가 피어오르고 있어요

걷고 걸어보자 / 이재용

나 혼자 걷는 길은
사색의 길이요

그 길 되돌아보면
그리움이 서리는 길이요

둘이 속담 속담
걷는 오솔길은
사랑이 물들어가는 길

여럿이 걷는 길은
나눔과 우정이
꽃 피는 길이요

걷고 걷는 길
언제나 아름답고
정겨운 친구 같은 길

가자 아름다운
가을
단풍이 울긋불긋
물들어가는 산야의 길을

바람 미워 / 이재용

부끄럽다
부끄러워
왜 예쁜 옷을
벗기나요

자랑도
하기 전에
벗기나요
미워 미워
바람이

빨간 연지
바르고 울긋불긋
예쁜 옷 입고
춤추고 싶은데

갈바람이
나의 옷
하나하나
벗기고 지나가

미워요 미워

모두 나의 것 / 이재용

일어나 눈물 뜨니
아무도 없어
쓸쓸함이 밀려와

창문을 여니 앞산에
그려진 한 폭의 수채화만

조잘조잘 종일
소담 소담 눈가에
웃음 피우던 어제

오늘은 아무도 없네

하나만 없어
주고받은 어제
오늘은 쓸쓸함만

가을 사랑
나 혼자 아니고
두 손 잡고 파란 하늘
날고 싶다

외롭지 않게

떨어지는 낙엽
몸부림치는 낙엽이 아니라
곱게 물든 단풍이고 싶어

희망을 가지고
소망하는 생각 속
소원을 불러라

꿈이 현실이 되리라

모두의 주인은
나 자신이다
쓸쓸해 하지 마라
다 나의 것이니

자연도 인생도
사랑도 행복도
텃밭 같은 것이다

친구 / 이재용

가까이 있어야
바라볼 수 있다

자주자주
보아야 좋다

같은 배를
탈 수 있는 거라며
더 좋다

같은 취미라면
흐르는 개울이다

흐르는 물이 없으면
개울이 아니다

개울 물은
정겨운 친구이다

시인 이정애

#목차

#시낭송 QR 코드
제 목 : 봄날
시낭송 : 김락호

공저 <문학 어울림>

#프로필

서해 작은섬 장애인복지시설에서 간호사로 근무중
2020년 대한문학세계 신인상 수상
(사)창작문학예술인협의회 회원
대한문인협회 정회원
문학 어울림 정회원

#시작노트

하얀색 가운을 입고 간호사로 일을 시작한 지 30여 년이 지났습니다. 늘 지치고 바쁜 일상에 가려있던 욕심들이 여기 서해 작은 섬에서 빼꼼 고개를 듭니다. 처음 간호사 캡을 쓰던 때처럼 다시 설레는 시절입니다. 좋아하는 바다와 섬과 함께 나이 들며 행복하게 시를 쓸 수 있는 지금이 참 감사합니다. 도와주신 분들께 감사드립니다.

봄에는 / 이정애

봄에는
슬프다 말하지 말자
불꽃 같던 봄이 스러져 가던 날
날리는 꽃잎보다 더 진한 향기로
가끔은 내 순수조차 마비시키던
그대의 노래가 아련하다

봄에는
그립다 말하지 말자
못다 한 말들
수북이 쌓이다 무너져
내 가슴 밀치고 흘러 내리면
그때 그대 알게 되리라

봄에는
이별을 말하지 말자
그리웠다 말 못 하고
떨어져 누운 꽃잎만 시리게 바라보던
그 아득했던 봄날이
바람든 풍경처럼 나를 흔들고 있나니
언젠가 그 애틋한 풍경소리
그대도 듣게 되리라

나는 울었네 / 이정애

스러지는 단풍잎이
하도 고와서
나는 울었네

바다에 내리는
빗방울이
내 눈물 같아서
나는 울었네

바람결에 흐르는
대숲의 노래가
너를 닮아서
나는 울었네

차마
가을을 보내지 못하여
나는 또 울었네

겨울 바다 / 이정애

어제는
파도를 보며 괜히
바람 탓이라고 투덜거렸습니다

오늘은
바람 잔잔하니
파도는 왜 잠만 자느냐고
심통을 부렸습니다

내일은 아마
하늘은 왜 이리 맑으냐고
노을은 왜 저리 붉은 거냐고 울먹일 테지요

그대
지금 곁에 있다면
겨울 바다
참으로 눈부셔 어쩔 줄 모를 텐데요

내가 사랑하는 건 / 이정애

나를 떠난 너는
어느 도시
텅 빈 골목을 서성일까

너의 편지는
내 맘에 닿기도 전
찬 바람에 조각조각 날리고 있는데
날리는 눈송이에 매달린 너의 눈물을
나는 무심히 바라보고 있어

너의 모습, 네 목소리도
떠나는 너를 따라 골목 어디론가 숨어버렸지

넌 괜찮으냐고 묻지 않기로 했어
내가 사랑하는 건
너 아닌 나였으니까
차마 말하지 못할 거니까,
그러니까

나는 간호사 / 이정애

누군가 말했다
천사도 아프냐고
나는
아파서도 안 되고
눈물도 슬픔도 꼬깃꼬깃
하얀 제복 아래 감추어 두었다

사람들은
지친 천사의 뒷모습을 본 적 있을까

펑펑 울고 싶은 날이
너무나 고단하여 주저앉고 싶은 날이
무심코 던지는 상처로
멍들어가는 아픈 가슴이
천사에게도 있다는 걸 알까

나는
자유롭고, 행복하길 바라고
열정적으로 나의 삶을 사랑하는
나는 간호사
사람이다

봄날 / 이정애

바람 부는 봄날
섬마을 작은 우체국에 갔다
섬을 떠날 채비를 한 꾸러미들이
줄줄이 어깨를 맞대고 설렌 듯 나를 바라보았다

나도 덩달아
어디론가 가야 하는 것처럼
들뜬 맘으로 물끄러미 마주 보다
혼자 배시시 웃었다

몸살이 났다는 친구에게
문병 대신 마음을 실어 보내고 돌아오는 길
괜시리 파도 소리 그리워
바다로 간다

파도는 내게 묻지 않고
그저 하얀 속을 내보이며 제 노래만 부르다
노을이 내리면 고운 물로 치장하고
수줍은 눈길로 위로하듯 나를 본다

얼마나 다행인가
누군가 그리운 봄날
가만히 나를 안아주는 바다가 곁에 있으니

내 마음을 어루만져 주세요 / 이정애

나는
마음이 약합니다
스치는 말에도
상처가 납니다

나는
마음이 여립니다
속삭이는 바람에도
눈물이 납니다

나는
마음이 아픕니다
사람들 속에 살아도
홀로인 듯 지쳐 갑니다

내 마음을
어루만져 주세요
내 마음이 울고 있어요

너는 아니 / 이정애

가을이 내게 묻는다
너는 어떤 빛깔이냐고

나는
불꽃 같은 청춘을
살고 싶었어

나는
천일홍 같은 사랑을
하고 싶었어

나는
구절초처럼 향기로운
여자이고 싶었어

그러나 나는 그냥
무채색의 나로 살고 있었지

가을아 너는 아니?
내가 어떤 색으로
물들어 가는지.....

장마 / 이정애

창호지 작은 창이
흐린 바람에 묻혀
시간이 멈춘
동화 같은 세상

푸른 등잔불
가만히 엎드려 울고
골짜기는 아우성친다

오늘은
내 젖은 그리움
살강에 포개어 두고
아궁이 앞에서 편지를 쓴다

그리운 이여
사랑했노라
타는 장작불처럼
사랑했노라고

보탑사의 가을 / 이정애

비구니 노승
주름진 얼굴로
꽃처럼 웃어주던 아침

들꽃 가득한 가을 산사는
바람조차 향기로워
나비는 꽃잎이 되었다가
바람 따라 나울나울 춤을 춘다

이른 봄부터
얼마다 많은 땀을
꽃들에게 쏟아 냈을까

떨어진 꽃잎이 다칠까
조심스레 걷는다
노승의 미소를 밟게 될까 봐

시인 이정원

#프로필

시인, 물리치료사
대한문학세계 시 부문 등단
(사)창작문학예술인협의회 회원
대한문인협회 경기지회 정회원
〈저서〉 시집 "삶의 항로"

#시작노트

매 순간마다 시인의 삶은 인생의 낙입니다
상념 속에 빠져드는 시간이 기다려집니다

시인의 일상이 시작되면
색다른 언어를 쓸어 담을 빗자루가
슬쩍 고개를 갸우뚱거립니다

마음 구석구석 말갛게 씻고
토실한 햇살과 해맑은 언어를 맞이합니다
당신을 그리워하는 순간마다
오롯이 시인의 길을 진실로 걸어갑니다.

#목차

#시낭송 QR 코드
제　목 : 붉게 태운 낙엽의 외침
시낭송 : 박영애

시집 〈삶의 항로〉

붉게 태운 낙엽의 외침 / 이정원

가을날 코스모스 향기는
진한 여운을 남기고
구절초는 들꽃으로 태어나
줄기 끝에 잔잔한 물결로 피어오른다

자연의 순리대로 피워내는
신비로움을 바라보며 명상에 잠긴다

가련한 마음 부둥켜안고
가을비에 옹송거리며 떨고 있는
빛바랜 낙엽을 누가 하찮다고 말했는가

제 몸뚱이 열정으로 붉게 태우고
애가 탄 그리움은 마음속 깊이 훑는다

가을 언저리에 가슴 저미는
잿빛 세월 하나씩 걷어내고
새로운 희망으로 한 발자국 나아간다.

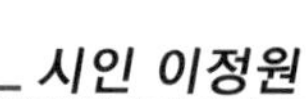

코스모스 / 이정원

쨍쨍했던 여름날이 지나고
소리 없이 찾아온 계절
물감을 뿌린듯한 파란 하늘에
사랑했던 기억을 흘려보니

살랑살랑 가을바람에 스며드는 설렘
흐드러지게 만개한
코스모스 향기가 진동한다

풍성한 행복을 갈망하는 가을 언저리
붉어진 단풍은 가을을 색칠하고
마른 잎새 가지를 바라보며
아련한 추억을 떠올린다

서걱거리는 바람결 따라
코스모스에 서려 있는 향수는
가을날에 진한 여운을 남기고
행복을 갈망하는 가을 속으로 걸어간다.

선한 길 찾아 / 이정원

수런거리는 파도가 부서지고
물보라 하얀 꽃이 향연을 펼치니
무수한 생각들이 버선발로 달려온다

숱한 세월 속
이루고자 했던 소망은 수면에서 헤엄치고
거센 파도 물결에도 흔들림 없이
외로운 빈자리를 지킨다

올곧은 마음으로
가슴 깊숙이 담아둔 편지를 품고
희망을 꿈꾸는 물리치료사

한 줄기 빛 따라
지역사회 방문 재활 소망이
연기처럼 피어날 순 없을까

대상자를 향한 뜨거운 열망
밝은 세상을 소생할 메시지가 되어
깊은 침묵 속에서
선한 길을 찾아 나선다.

등대 / 이정원

한 줄기 등대 빛
애타는 내 가슴이런가
어두운 밤바다를 비춘다

거센 파도가 일렁이는데도
흔들림 없이
외로운 빈자리를 지킨다

만선으로 돌아오는 어부
기쁜 목소리로 반기듯
기다림에 지친 목마른 눈빛을 보낸다

어둠을 밝게 비추는 등대
인생 항해 길의 나침반 되어
선한 빛으로 그리움의 증인이 된다.

시계탑 / 이정원

기나긴 생각이
은은한 빛을 내뿜으며
머릿속에서 날갯짓한다

길게 솟은 가로등을 맴돌다가
그 불빛 속에 숨을듯한
그림자 같은 기억이 서성인다

희미하게 보이는 시계탑에서
아련한 추억이 아우성치는데도
선부른 오점을 남기지 말자며
빗겨 간 화살처럼 걷는다

인적이 드문 널따랗게 뻗은 밤길
한때의 매력적이던 그 시절 그리며
이 밤도 오롯이
사랑스러운 마음 간직한 채
선한 빛 속으로 생각들이 걸어간다.

봄날은 간다 / 이정원

연초록 돋아나고
꽃눈 틔우던 봄이 엊그제 같은데

벚꽃이 흐드러지게 피더니
어느새 차디찬 바닥에 옹송거리고
살갑던 노란 산수유꽃이
이슬 맺힌 채 이별을 고한다

봄비로 목을 축인 백목련 꽃봉오리는
봄날이 가기 전에 진한 향기를 내뿜는다

연분홍 진달래가
사랑의 감정선을 펼쳐보지도 못했건만
속절없이 봄날이 간다

순리대로 꽃은 피고 지고
인생 또한 덧없이 흘러만 간다

추억을 만들 몸부림처럼
찬란한 봄날은 인생의 일부분인 양
벚꽃이 가듯 여운을 남긴다.

납매화 / 이정원

눈으로 뒤덮인 추운 겨울날
매화처럼 고결함 고이 간직한 채
음력 섣달 한 송이 꽃을 피운다

그윽한 향 머금은 납매화
올곧은 마음으로
수줍게 고개 들며
희망찬 내일을 노래한다

섣달 마지막 날
다가올 봄 기다리며
납매화는 새로운 시작을 꿈꾼다.

시인 이정원

은하수 바라보며 / 이정원

은하수가 쏟아지는 밤하늘
초롱초롱 별빛에 취한다

무수한 별을 헤아리며
저 별들도 누군가엔 소중한 인연이기에
진심이 담긴 감사함으로
아름다운 별빛 같은 추억을 떠올린다

한 줄기 희망은
부푼 풍선처럼 솟아오르고
정성 어린 배려를 아는 인생이라면
축복의 나날이 은하수처럼 펼쳐지리라

오늘도 난,
별 숲에 담긴 뜻을 사색하며
내게 주신 은혜와 감사를 가슴에 품는다.

낙동강 하구언 둑 너머 / 이정원

고요한 숨결이 잠들어 있는 작은 섬
안개와 구름이 자욱한
해안선 절경을 바라본다

수려한 사빈해안과
산등성이 같은 그리움의 물결을 따라
낙동강 하류에서 詩가 흐른다

애처로이 퍼덕이는 철새들
먼 본향의 땅을 소망하며
메마른 날개를 어루만지는 해무가
그리움을 덧나게 하지 않을까

고운 모래톱 너머
가슴 깊숙이 담아둔 사연을 풀어낼
모래 물결이 넘실대는 이곳엔 詩가 흐른다

물보라가 머무는 작은 섬
철새들 이야기가 서정의 메시지 되어
오늘도 변함없이 유수처럼 흐른다.

바벨탑 / 이정원

욕망의 상징 바벨탑
야심과 겸손의 경계 끝자락에

위로받지 못한 응어리진 마음이
거센 비바람에 휘청거리고
새벽 적막감에 회한의 한숨을 토해낸다

화톳불처럼 뜨겁게 타올랐던
흘러간 기억 조각들
하얀 잿더미로 사라진
허송세월을 돌이킬 순 없을까

여러 갈래로
흩어지고 쪼개진 바벨탑 언어의 저주인가
짐승 같은 어둠이 휘몰아치고
무지개 언약을 저버린 대가를 치른다

내게 주신
일용할 양식을 천천히 곱씹으며
인생의 솟대를 높이 세운다.

시인 전경자

#목차

1. 시간
2. 사랑의 우체통
3. 어름 지치기
4. 고독한 인생
5. 외할머니의 여름방학
6. 커 피 한잔
7. 뒷동산에는
8. 녹차
9. 해바라기

#시낭송 QR 코드
제 목 : 녹차
시낭송 : 최명자

시집 〈꿈꾸는 DNA〉

#프로필

대한문학세계 시 부문 등단
(사)창작문학예술인협의회 회원
대한문인협회 경기지회 총무국장
코로나19 극복 최우수상 수상
시집 〈꿈꾸는 DNA〉

#시작노트

오늘도 따듯한 차 한 잔에 마음을 담는다
내 삶에는 그동안 너무나
인색했었던 나
지나간 날들은 괜찮아
그동안 아파했던 마음
글로 풀어내어 쉼 하는 시간이 행복이다.

시간 / 전경자

홀연히도 쏟아버린 바람이
휘감고 있는 이 산자락에
날 머무르게 했던 시간들

뜨거운 태양 아래 애절한 사랑가
너를 사랑한 울음소리
이제는 찾지도 않는다

부서진 퍼즐 조각에
꽃비가 가슴을 적시고

잃어버린 영혼
그 사랑 기억도
거미줄에 안기어

몸부림치는 소리가
시간에 맞추어
아무렇지 않은 듯 흐른다.

사랑의 우체통 / 전경자

허전한 마음 깊은 곳에
빨간 우체통 하나
간절하게 그대의 소식을 기다리고 있는
빛바랜 빨간 우체통

말없이 오늘도 어제처럼
비가 오나 눈이 오나
곱게 접은 사연을 기다린다

분홍 봄날엔 꽃이 피는 길가에서
비지땀 흘리는 여름엔
초록 풀 파도 속에 가득 담은 그대는
이 거리에서 멈추었다

코스모스가 누군가를 설레게 하고
고추잠자리 춤추는 가을날에
사랑하자던 그대는
지금 어디로 가야 만날 수 있을까?

어름 지치기 / 전경자

알고 있었을까
처음부터 우정인 듯 아닌 듯
뜨거웠던 친구의 열정
속마음 얼마나 헤아렸을까

추억 속의 소녀도
어디에선가 백발이 되었겠지
지금도 그때처럼 음악을 좋아할까
나처럼 그 누군가의
해바라기가 되었을까

세상살이에 치이고 지쳐
치솟는 열정 불태우지 못하고
일찌감치 놓아버린 꿈
기다려도 오지 않았던 기회는
언제쯤이면 내게 돌아올까
기억 저편에 숨겨두었던 생각을
백발이 성성한 이제야 깨운다

고독한 인생 / 전경자

바쁜 세간살이에
변해가는 건 나뿐인가
그 가치와 가치를 어디에 둘까

아름다운 거래는 머나먼
미래에 남겨둘 유산이기에
고독한 삶의 완성을 똑딱거리는
시간이 말해줄까

희망가를 즐겨야 하는 21세기는
쉬지 않고 그대와 나의 가슴에
불을 지펴 놓고 있네요

외할머니의 여름방학 / 전경자

실고추처럼 가는 초승달 아래
별들이 졸린 눈을 비비는
밤하늘

정다운 외할머니의 옛이야기 보따리는
엄마 어릴 적 이야기로
밤하늘을 수놓는다

달그락달그락
할머니의 입김 돌담 틈새를
비집고 들어온 솔바람

머리카락 사이로
할머니의 거친 손이 토닥토닥
북극성을 재우고

어둠을 돌돌 말아
새우잠을 청하는 이 밤에
배고픈 초승달도 함께 잠들어 간다

커 피 한잔 / 전경자

쓰디쓴 커 피 한잔
입속에
가득히 베어 물고

시간을 담는다
커피 향기가
내게 묻는다

위험한 세상
이야기를

나는
무엇을
어떻게
이야기할까

뒷동산에는 / 전경자

뒷동산에는 지금 꽃이
한창이겠지
어떤 모습으로 준비했을까

시간이 지나면서
새로운 것에 부딪히며
나를 미소 짓게 하던 봄날의
따뜻한 모습들이
좋아하는 것들과
잃어버린 너를 지우지 못했고

가슴속에 피우지 못했던
불씨를 남겨둔
당신과 불씨를 피우고 싶다

녹차 / 전경자

유난히도 푸른색을 좋아하는 난
자연경관이 병풍처럼
드리워진 아름다운 곳에

산허리를 끌어 앉고
흘러내린 머리카락을
쓰다듬어 올리고
따듯한 녹차라테 한 잔

오늘도 초대받은 적 없지만
청중은 나 혼자
초대받은 것처럼 음악을 틀고
작은 것에도 여유를 갖는다

별것도 아닌데 나에게
인색했었네
시간을 아끼고 아꼈건마는

흐르는 시간을 그냥저냥 보내버린
지금 나에게 필요한 휴식의 시간이었다
이렇게도 아름다운 봄날

해바라기 / 전경자

첫사랑이 그리운
해바라기가
고개를 들어 물었다

먼 길을
떠돌아다니는 먼지에
전하지 못한
편지를 써본다네

그리운
사랑이라 하지 못한
사랑을

지구별에
나팔바지 소녀가
기고만장
했던 지난날들

라면만이
최고의
요리라고 했는데

성공하면
비싼 요리 많이 사줄 게
하면서

호탕하게
웃음을 짓던
친구가 그립습니다

詩 poem art

명인명시 특선시인선 2022

시인 정병윤

#프로필

2021 대한문학세계 시 부문 등단, 신인문학상 수상.
(사)창작문학예술인협의회 회원
대한문인협회 서울지회 정회원

#시작노트

나는 농부다
감사히 대지를 받아
겸손하고 지극하게 땅을 갈고 씨 뿌려
이윽고 가을을 바라는 시의 농부다
시는 나에게는 농사다
농사는 생명을 위한 은혜요 축복이다.
그러므로 성심을 다해
땅 갈고 씨 뿌리며 나를 바친다
대지에 가을이 가득했을 때
이를 좋아하는 이들이 찾아오면 의자도 내어드리고 차도 대접하며 함께 생을 노래하고 싶다
아직은 서툴고 미흡하지만,
차차 더 가꾸고 다듬어 실한 농사를 짓는 것이
내 생의 목표다
나는 시의 농부이고이고 싶다
그러므로
오로지 시 농사일밖엔 모른다
농부는 실농하면 죽은 목숨이다

#목차

#시낭송 QR 코드
제 목 : 고독의 단상
시낭송 : 조한직

공저 <2021 대한문학세계 여름호>

명추(茗秋) / 정병윤

차(茶)나 한잔 들러 오랬더니
잊은 지 오래인 이름을 데려온
그대

밤을 도와 노아(露芽) 볶아 우려낸
차에 이름을 담가놓고 주거니 받거니 하며
세상을 보내고 나니

넉넉한 찻잔에
이윽고 드러난 달 하나

눈썹 흰 사랑

"세상 재미는 어떠셨소"
"농담 반 진담 반에
비수 반 소주 반입디다"
"내가 무어라고 합디까 본시 개똥밭이라 했잖소"
"그렇게요. 잠시 깜빡했었소"

"그만하고 돌아오시오"
"그럴 참이었소"

아침 7시
마당에는 아침이 가득했다.

빈 병(空甁) / 정병윤

하도 배가 고파 밥으로 채웠다
염치도 없이 아무 곳 아무 때나 꺼내
먹었다

허기 가시자
외로웠다 그리움을 고봉으로 채웠다

대낮의 큰 소리 어둠도 모른 채
아무 곳
아무 때나 꺼내 먹었다

봄날은 간다
배부르고 외로움 허물을 벗었다

눈 떠보니 오래된 금이 간
벽이었다

열 손가락 다 닳도록 긁고 긁었다
반생에 철철 피가 흘렀다
벽이 뚫렸다

아, 드러난 바다

피어린 손금에 쥐어져 있는 시간은 15시 48분
해 저물기 전에 바다를 건너야 한다

어머니
불 끄지 마세요.

고독의 단상 / 정병윤

고독으로 밀어내며
빈센트 반 고흐의 붓꽃을 빗댄 심리
내 어리석음에 찬물을 끼얹으니
비로써 독기와 고열이 풀어지고
가슴 따뜻하고 푸르게 밝아진다

절망으로 고통스러웠던 지난날의
또 다른 아집의 깨우침에 힘입어
새로운 자아의 발견과 내일의 소망이 생겼다

비록 세상에 밟히고 무시당해도
밤마다 수를 놓으시며
세월의 풍상을 뚫은 어머니와
담벼락 강을 건너는 담쟁이처럼
창공으로 날아오르리라

고난을 불사하고 은반지 주고받은 이들
죽음까지 동행의 손 놓지 않고 기쁘게 가련다.

경칩 / 정병윤

마돈나
나를 깨워주오
지금 알몸에 부동 성분을 바르고
깊은 동면 중입니다

살갗과 호흡을 끊고
세포마저 부동 성분으로 막아놓고
죽음의 터널에 갇혀있습니다

마돈나
나를 깨워주오
꿈은 목포시 죽교동 고하도 산기슭
내가 딴 아카시아 잎들에 묻힌 채
숨 가쁜 동면을 하고 이따요

마돈나
나를 깨워주오
소리주머니를 채우지 않아도 됩니다
내게는 살갗 촉촉한 사랑이
해동을 기다리고 있으니

마돈나
나를 깨워주오
물 잡아 놓은 못논이 있고
걸핏하면 장맛비 잦은 살갗 충분한
내일이 기다리니 나를 깨워주오.

해 질 녘 / 정병윤

구들장 덥힐 장작을
어지간히 헛간에 채워 두고
아랫목에 묻어둔 밥그릇 꺼내니
울리던 종소리가 끊긴다

이젠,
노을에서 만난 詩 사금 질로
서산을 물들이려는
해 질 녘의 숨소리 그리련다.

존재 / 정병윤

가로는 있되 세로가 없으면
어찌 조화가 있으리오

말은 있되 마음이 없으면
어찌 말씀이리오

걸음은 있되 순리가 없으면
어찌 참 길이리오

나는 있되 사람이 없으면
어찌 세상이리오

하나,
시공간 속 존재 무상이라
눕고 일어남에 취하지 말아라

하늘 땅의 일체가 찰나의 그림자요
구름 스치는 바람이다
여기 목숨 가져가지 말아라

시궁창 같은 진흙에도 연꽃은 내린다.

개똥참외 / 정병윤

민들레 홀씨 등에 업혔다가
개똥밭에 아무렇게나 떨어진 씨 하나

용케도 모진 겨울 지나 봄날을 반기더니
이 풀 저 풀에 자양분 뺏기고도
자갈에 몸까지 부대낀 세월

그리도 서러운 삶일진대
오뉴월 보릿고개 울면서 넘고 넘어
여름 땡볕에 숫처녀 되었건만
장미꽃만 꽃이라니 설움 받쳤겠다

여름 지나고 밤 길어 날 썬득썬득할 무렵..

어라,
날다 지친 뻐꾸기 한 마리가
기막히게 개똥참외를 쫀다.

세월 / 정병윤

불현듯 생각난 것은
기다림의 그리운 사랑만은 아니었다

마냥 보듬고 있는 초침에
긴 그림자 하나

새벽, 외따로이 울고 있는 쑥국

하, 섭섭해도
돌아서는 내 등을 짚는 그대 마른기침

어쩌라고..

여전히 동녘은 멀어지는가?

가시 / 정병윤

노을 밴 오래된 시멘트 담벼락
라이너 마리아 릴케
가시에 찔린 손가락 울컥울컥 각혈한다

새빨갛게 물든 담벼락
오 내 사랑, 니메 에루이여

이제 돌아갑니다
거기 가서 당신에게 바칠 꽃을 다시 기르며
당신을 기다릴 테요

오 내 사랑
니메 에루이여, 니메 에루이여!

시인 정상화

#목차

1. 잃어버린 사랑
2. 이별의 순간 사랑을 알았네
3. 당신의 봄 향기
4. 생각을 덮어 씌운다
5. 가시는 괜히 있는 게 아니다
6. 흙에다 쓰는
7. 아름다운 삶의 방식
8. 덫
9. 환생의 꿈
10. 아름다운 인연을 만나는 것은

#시낭송 QR 코드
제 목 : 흙에다 쓴 詩
시낭송 : 박영애

제5시집 〈곱게 물들었으면〉

#프로필

대한문학세계 시 부문 등단
(사)창작문학예술인협의회 회원
대한문인협회 울산지회 지회장
제1시집 〈스스로 피어짐이 아름다운 것을〉
제2시집 〈산다는 것은 한 편의 詩〉
제3시집 〈그러하더라도 사랑해야지〉
제4시집 〈아름다운 인연을 만나는 것은〉
제5시집 〈곱게 물들었으면〉

#시작노트

지상에서 가장 어려운 것은
아름다운 인연을 만나는 것이고
그보다 어려운 것은
인연을 곱게 지켜가는 것이다

아름다운 인연이 만들어지기를
까만 밤 하얗게 기도한다

-시 〈아름다운 인연을 만나는 것은〉 중에서-

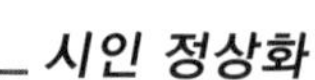

잃어버린 사랑 / 정상화

폭우가 쏟아진다

새끼들 걱정에 뒤척이는 밤
채, 어둠이 가시기 전
논을 둘러보는데
만당들 도착한 순간 눈을 의심한다
공장 폐수가 흘러들어 벼들이 기름
뒤집어쓰고 죽어간다
봄부터 쏟은 사랑이 무너지는 순간
가슴에 구멍이 난다
벼는 그렇다 치고
땅이 죽어감에 분노가 솟구친다
어쩌나
푸르름 잃고 노랗게 질린 새끼들
어쩌나
까맣게 타들어 가는 흙 흙 흙
어쩌나
절망과 분노에 젖은 농부의 가슴

죽지 마라 사랑아

이별의 순간 사랑을 알았네 / 정상화

무논에 잡초를 뽑으려 장화발
옮기니 물이 샌다
보내야 하는가

논둑길 밟으며 아름다운 풀꽃에
홀려 고마움 잊고 살았네
하늘 접은 손 편지 쓴다

가시에 찔린 고통
돌부리에 차인 설움
소똥 개똥에 비벼져 매스꺼움 삼킨 괴로움
뻘속 숨 막히던 답답함
아픈 순간이 대부분이었지만
줄 수 있어 행복했다고

오해는 말거라
사랑하지 않은 순간은 없었으니

구멍을 때웠다
어쩜 함께하는 시간만큼 아픔이
길어진다 해도
차마,
널 버릴 수 없구나

당신의 봄 향기 / 정상화

마늘밭 귀퉁이에 부지깽이나물
한 줌 뜯습니다
나 죽으면 산에나 가겠냐며
심어둔 당신의 흔적은 이 구석
저 구석 봄을 밀어 올리는데
꼼짝 못 하시고 방에만 누워 계시니
어찌합니까
살아계신 지금도 이리 아린 가슴인데...
된장에 조물조물 봄을 무쳐드리니
꿀떡꿀떡 목을 흐르는 소리
쌉시근한 봄이 온 집에 그득합니다

생각을 덮어 씌운다 / 정상화

코로나보다 무서운 프레임이
마술처럼 착각의 세계로 끌고 간다

평생 농사지으며 착하게 살아온
이웃집 할머니는 대추 한 알 주워
먹고 도둑이 되고

평생 권세 누리며 착한 척 살아온
장관은 온갖 탈법 불법 저질러도 마음 빚진 선한 사람이 되고

감자 먹고 나무 하며 도인처럼 사신
배내골 외할아버지는 빨갱이로
낙인찍혀 감옥에서 맞아 죽었다

무섭다
빨강이 파랑이 되고
파랑이 빨강이 되는 세상
목적을 위해서라면
진실도 묻어 버리는 세상
그만하자 우리
심장의 피는 모두 붉잖아
덮어 씌운다고 모를 줄 아니

가시는 괜히 있는 게 아니다 / 정상화

어무이,
양쪽 옆구리 콩팥으로 연결된 소변줄 끼울 때 박힌 가시를 품고 산다
소염작용을 돕기 위해 해동피海桐皮
벗기다 손톱 밑으로 가시가 박혔다
쓰리고 아프다
빼낸 자리 피가 솟구친다
가시를 달고 사는 나무들
연약한 몸으로 밟히고 밟힌 시간이
만들어낸 가시를 달고 산다
탱가리 가시에 찔린 물이 아플까
엄나무 가시에 찔린 바람도 아플까
아프게 하지 않으면 찌르지 않는 가시
독을 품은 건 아니었어
함께 살고 싶은 순한 마음뿐
발가벗은 꿩 피 묻은 해동피 넣고
압력솥 뚜껑을 채운다
상처 내지 않으면 상처 받지도 않았다
탐내지 않으면 피를 쏟지도 않았다
인연을 맺기 전 한 번쯤은 멈칫하라고 가시를 달고 산다
치마 밑에도
바지 속에도 가시가 있고
가슴 깊은 곳에 가시가 있다
찌르기 위함이 아니다
인연을 위한 따끔한 인사일 뿐

흙에다 쓰는 詩 / 정상화

포슬한 흙에다 상추 씨앗으로
詩를 쓴다
알싸한 시어
적당한 행갈이
호미로 여백을 만든다
가장 진실한 가슴으로 물을 만난
벼이삭의 춤사위
메마른 비탈에 꼿꼿한 자존으로 쓴
보리이삭의 까칠함
적당한 사랑을 품고 마늘 고추 무
배추 파 수박 토마토 오이...
개성을 존중한 차별 없는 詩를 쏟아낸다
바람 햇살 등에 업고
함께 살아오면서 단 한 번 미워하지 않았던 흙의 가슴
매일 안아도 새로운 사랑이 솟는다
죽으면 돌아갈 고향
배내천 흐르는 양지바른 언덕에
묻혔어도
붉은 한 송이 나리꽃으로 피어나 詩를 쓰리니
죽지 않는 흙이 쓴 詩를 읽고 미소로 답해준다면
농부의 삶 결코 헛되지 않으리!

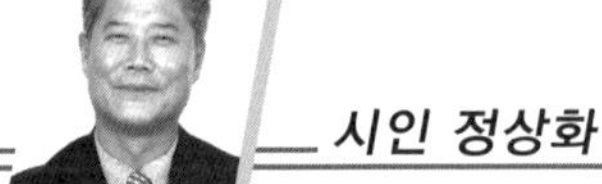

아름다운 삶의 방식 / 정상화

작답 밭 비닐을 정리하다
온몸 고슴도치가 되었네
건드려 주기를 바란 기다림의 시간
저린 발 털며 버틴 속내
생존을 위한 몸부림을
인정하지 아니하고 욕을 퍼부었으니
삶의 방식이 다를 뿐
모두가 다른 삶의 기준이니
모두가 아름다운 것을
도깨비바늘아, 미안해
어떤 이유로도 존중되어야 할
삶의 방식을 두고 욕했으니
어쩜 좋으니!

덫 / 정상화

어둠이 내릴 무렵
왕거미 큰 나뭇가지에서
바람 타고 맞은편 가지에 오가며
꽁지에 투명한 끈끈이 사출하며
덫을 놓고 있다

바람을 이용한 번지 점프
빙빙 돌며 밖에서 안으로 한 코
한 코 투명한 그물을 엮어 가더니
중앙에 죽은 듯 먹이를 기다린다

잠자리 멋 내며 날다
보이지 않는 거미줄에 걸려들어
파닥일수록 옥죄어지고
주검 되어 체액을 빨리고 있다

죽음의 그림자 모르고 조심성
없어 거미 밥 자초한 네 모습
방관한 공모자의 가슴도 저민다

먹고 먹히는 인간사
생존을 위함이야 그렇다 치고
부른 배 더 누리기 위한 탐욕의 덫은
어찌할꼬
갈 땐 손 펴고 가는데

환생의 꿈 / 정상화

아껴둔 감자
바가지 뒤집어쓴 체 싹을 틔웠다
쭈그러진 얼굴로 무소처럼 정수리 뚫은 당당함

뙤약볕 가뭄에 물길 찾아 깊이
파고들었던 촉수를 더듬으며
체념과 타협하지 않는 의연함에
굴종한다

물에도 녹지 않는 솔라닌 독소를
뒤집어쓰고 먹기만 해 봐라 네 중추
신경 마비시킬 수 있다는 경고음을
보낸다

바가지에 힘주어 휙 거름 밭으로
던지니
날 선 초승달 눈으로 째려본다
겁에 질려 주섬주섬 땅에 묻고 돌아선다

어둠은 단지 밝음으로 가는 과정
봄이 되면 또 다른 너 닮은 유전자로
탄생하겠지
죽음도 막지 못한 생명의 윤회여!

아름다운 인연을 만나는 것은 / 정상화

아름다운 인연을 만나는 것은
서로의 향기에 취해
말없이 물들어가는 것이다

서로의 환경을 이해하고
서로 색깔을 인정하면서
서로의 향기에 묻혀 가는 것이다

가슴에
나 하나 버리고
너 하나 채워서
서로의 가슴에 둥지를 짓는 일이다

여기서 저기로 가는 길
새로운 세상 둘이 하나 되어
서로의 가슴에 호흡하며
강물처럼 흐르는 것이다

지상에서 가장 어려운 것은
아름다운 인연을 만나는 것이고
그보다 어려운 것은
인연을 곱게 지켜가는 것이다

아름다운 인연이 만들어지기를
까만 밤 하얗게 기도한다

시인 정약용

#목차

다산 정약용(茶山 丁若鏞 ; 1762-1835) 다산 정약용 선생은 1762년, 진주 목사를 지낸 아버지 정재원과 해남 윤씨인 어머니 사이에서 넷째 아들로 태어났다. 15세에 풍산 홍씨와 혼인하였으며, 16세 때에는 성호 이익의 저서를 통하여 실학에 접하였다. 1783년 22세 때, 과거 시험에 합격하여 경의진사가 되어 성균관에서 수학하게 되는데, 이때 정조에게 중용 강해를 지어 바쳐서 눈에 띄게 되었다. 28세 때에 문과에 급제한 후 경기도 암행어사, 동부승지, 병조참의, 우부승지, 형조참의 등의 벼슬을 지냈다.

다산은 천주교에 관심을 가지고 있다는 이유로 천주교 탄압 사건인 신유박해로 인해, 정약전은 흑산도로, 다산은 강진으로 유배되었다. 강진에 유배된 다산은 동문 밖 주막을 '사의재(四宜齋 네 가지를 마땅히 해야 할 방)'라 이름 짓고 유배생활을 시작하였다. 1808년 강진만이 내려다보이는 만덕산 기슭에 초가로 지은 '다산초당(茶山草堂 ; 사적 제107호)'으로 이사하면서 해배될 때까지 방대한 학문적 유산을 남기었다. 그는 피폐한 농촌사회의 모순에 관심을 갖고 정치개혁과 사회개혁에 대한 체계적으로 연구했다. 특히 〈경세유표〉·〈목민심서〉·〈흠흠신서〉를 통해 실현 가능한 구체적인 방안을 제시하기도 했다.

다산은 다양한 분야에서 천재에 가까운 인물로, 자연과학에도 관심을 기울여, 홍역과 천연두의 치료법에 대한 책을 내기도 했고, 도량형과 화폐의 통일을 제안했으며 건축기술인 거중기를 고안하기도 했다.

훗날의 어떤 성인도 자신의 학문을 질책할 수 없으리라고 자부하던, 다재다능한 천재 실학자 다산의 사상과 철학은 오늘날까지도 큰 영향을 끼치고 있다.

[네이버 지식백과에서 인용]

황칠(黃漆) / 정약용

그대 아니 보았던가. 궁복산(弓福山) 가득한 황칠을
금빛 액 맑고 고와 반짝반짝 빛이 나지
껍질 벗겨 즙 받기를 옻칠 받듯 하는데
아름드리 나무에서 겨우 한 잔 넘칠 정도

상자에 칠을 하면 붉고 푸른 색을 뺏어
잘 익은 치자 물감 어찌 이와 견줄손가,
서예가의 경황지로는 더더욱 좋아서
납지, 양각 모두 다 무색해서 물러나네

그 나무 명성이 온 천하에 알려져서
박물지에 왕왕 그 이름을 올라있네
공물로 지정되어 해마다 공장(工匠)에게 실려 가는데
징구하는 아전들 농간을 막을 길이 없어

지방민들 그 나무를 악목이라 이름하고
밤마다 도끼 들고 몰래 와서 찍었다네

지난 봄에 임금님이 공납 면제하였더니
영릉복유 되었다니 이 얼마나 상서인가

바람 불어 비가 오니 죽은 등걸 싹이 돋고
가지가지 죽죽뻗어 푸르름이 어울리네.

시인 정찬열

#프로필

대한문학세계 시, 수필 부문 등단
대한문인협회 광주전남지회 정회원
국제 Pen회원
제1수필집 "짓눌린 발자국"(2017.5)
제1시집 "날개 꺾인 삶의노래"(2018.5)
제2시집 "다시 오지 않는 삶의 구간들"
(2020.5)

#시작노트

어느 날 숲길을 걷다가 서로 다른 나무가 연리지로 의지하고 길옆에 서 있는 고운 모습이 눈에 띄었다

"매일같이 보고 보면 정이 들까."
태어날 때 종이 다르고
목이 다른 나무가
어쩌다
가까운 이웃이 되어
밤이나 낮이나 알기까지
서로는 거들떠보지도 않았지만
매일같이 지켜보고 마주하니
어느덧 서로는 세월만큼 다가서니
성가신 바람의 중매에
조금씩 마음을 열었고
그들은 마음이 조금씩 기울어졌다.
"연리지의 사랑 중에서"

#목차

#시낭송 QR 코드
제 목 : 금사정 동백나무
시낭송 : 최명자

제2시집 <다시 오지 않는 삶의 구간들>

사성암에 오르니 / 정찬열

절경이 좋아 들러 가는 사성암
순환 버스를 타고 오르니
매달리듯 자리한 약사전
네 분의 고승이 수도하여 바뀐 사찰

오르기 힘든 험준한 산길
경치 좋아 마음 뺏긴 사찰 앞에
매달리듯 약사전에 마애여래입상 앞
숙연해진 마음에 두 손 모아 합장한다.

경자년 팔월 초에 섬진강 수해 때
사성암에 대피 온 소 떼 담긴 플래카드
길 따라 십여 마리 오른 소 떼
어린 왕자와 심우도에 구원 기도 왔을까?

좁다란 산책길 바위틈새 거처 지나
알루미늄 계단 따라 전망대에 오르니
담쟁이덩굴은 암벽을 덮었는데
2월의 찬바람은 등속으로 파고든다.

대웅전 요사채가 장관이고
염불 소리 스피커에 흘러나오며
탕진한 애절한 언어의 지친 서곡
한 많은 사연에도 섬진강은 흐른다.

** 尋牛圖 : 불교선종에서 인간의 본성에 소를 찾는 과정에 비유한 그림*

연리지의 사랑은 / 정찬열

매일같이 보고 보면 정이 들까?
태어날 때 종(種)이 다르고
목이 다른 나무가
어쩌다 가까운 이웃이 되어
밤이나 낮이나 서로를 알기까지

서로는 거들떠보지도 않았지만
매일같이 지켜보고 마주하니
어느덧 서로는 세월만큼 다가서니
성가시도록 바람의 중매에
조금씩 마음을 열었고
그들도 마음이 조금씩 기울어졌다.

천둥이 치던 어느 날
중매를 선 바람은 서로를
비바람이 몹시 불던 때를 기회로
꼭 붙들게 신방을 차려 주며
바람은 서로의 애무(愛撫)를 시켰다.

황소바람에 부처 같은 마음도
그리움이 더하여 의지하고
그토록 고집하던 마음은 천둥소리에
꼭 붙들고, 천년의 사랑을 이어가리라

금사정 동백나무 / 정찬열

목포 앞바다에 불어온 봄바람
막아선 강어귀와
강둑이 길을 막아도
기묘사화에 구명 상소의 뜻을
알리려 영산 강변따라 달려온다

선인들의 숨결이 도도히 흘러
열한 명 유생들의
상소문에 베인 조상의 얼
고향 땅에 낙향하여 타오른 태양
결백으로 심은 동백
그 시절의 곧은 절개 표상으로 자란다

죽산보가 가로막지만
물길을 빌려 타고 오는 봄이기에
태학관 유생들과
정암의 구명에 상징은 금사정 동백
오백 년의 숙명을 금사정에 묻어 놓았다

애절한 마음을 알았는지
부챗살로 뻗은 동백의 정경은
반구형 되어
여인의 슬픈 사연 전설처럼 피어나고
우직하고 화려함에 붉은 눈물 흘리나니
선현들의 울컥함이
제 몸 살라 붉게 피며 자라고 있다.

** 나주시 왕곡면 송죽리 금사정 동백나무(천연기념물 제515호)*

식탁에 도마 / 정찬열

삼십여 년 주방을 지킨
평평하던 목판 식탁용 도마
식단의 요리 때마다 상처 주며
무슨 죄로 난도질을 당하는지

대체 적으로 인생 살아가는 데는
손님이 오면
편한 시간이 되어야 하는데
귀한 손님 올 때는 더욱 고된 일과다

때로는 칼날을 받아야 하고
칼자루 뒤꿈치에 쥐어박는
기시감으로 아픔을 견뎌야 하고
수시로 칼날로 난도질당하니
평평하던 목판 바닥이 움푹 팬다

젖은 판을 말린다며
한 번도 이긴 적 없는
가스레인지 옆에 세워둔 불안
세로로 판을 세워질 때나
가족이 모두 잠을 청할 때
그때야 마음 놓고 한숨 청한다.

마량항 수산물 시장 / 정찬열

상호 대신 번호로 칸칸이 막아선
강진 마량 어부들이 잡은 고기들
일정한 시간에 경매가 이루어지고
관광객이 북적이며 토요시장 찾는다.

즉석에서 흥정하면 알아차린 듯
물장구 악다구로 손님을 놀라게 하고
고기가 발버둥 쳐 보지만
단칼에 맥이 잘리고 횟감으로 변한다.

철 따라 횟감이 다르지만
한로가 지나고 찬바람이 불어오면
광어며, 돔, 농어, 우럭
인심 후한 식당 주인 부지런한 손놀림에

구만 원에 성인 일곱 명이 실컷 먹는
횟감이 단숨에 포가 떠지면
탕거리 손질을 사모님이 대신하여
맛이 좋은 탕이라며 게며 가리비도 서비스한다.

상차림만 전문하는
이어도 식당에 가족이 함께 모여
횟감으로 실컷 먹고 남아도는 지리 맛
먹고 남은 횟감은 탕국물에 샤부샤부로
네 가족이 배를 채운 마량항 수산 시장

가을의 여인 구절초 / 정찬열

임실의 거대한 인공호수 옥정호
매년 나무가 옷을 갈아입을 무렵에
아담한 산자락 임실군 운암면에
가을 여인 비밀 공원이 펼쳐지고

울창한 나무 이파리 사이로
따사로운 햇볕의 정기를 받아 피어난
어쩌면, 달걀부침으로 축소된 꽃망울
아홉 마디를 품은 그 이름의 구절초꽃

옥정호수 물안개가 밀려들면
소나무와 함께 어우러져 몽환에 젖으며
나풀거리는 백 양단 치마에 노란 저고리
어릴 적 추석 명절 누님 생각이 떠오른다

만여 평의 어우러진 산책로에
미로 찾는 기분으로 숲을 걷다 보면
해는 어느덧 가을의 붉은 노을로 젖지만
함께 흔들거리며 축제 속에 서며 춤춘다

매년 성황리에 열리던 구절초 축제는
코로나-19의 아쉬움 속에 막지만
출렁이는 지난 시절 구절초 모습이 아련한
순수한 어머니를 닮은 가을 여인 구절초
끝없이 출렁이는 슬픔이 하얗게 녹아내립니다.

남해 다랑이 마을 / 정찬열

설흘산과 등봉산 등에 업고
자동차 비서의 안내 따라 경관 좋은
바다를 옆에 끼고 꼬부랑길 돌고 돌아
남해군 남면 남면로679번길 21에

철썩이는 바다를 앞에 두고
남쪽 둔덕에 둘러앉은 언덕배기에
백 팔개 층층 계단 육백팔십여 논 전답
안내판이 보이자 비서도 호응하는

하늘바라기 농토에는 단계별로
그 옛날 부족한 물을 퍼 올리어
두레질에 호미로 심던 다랑논
어릴 때 아버지의 한숨 소리 밀려오는데

코흘리개 도움받던 꼬맹이는 어데 가고
철썩이는 파도 소리와 낯선 이방인만
스쳐 가는 남해의 다랑이 마을
어머니의 한숨 소리 맴도는 그곳에

고결한 수선화로 변한 꽃밭에
쾌활한 유채꽃이 계단밭을 감춰버리고
바닷가 파도 소리 박자 따라 걷는 곳에
'나를 생각해요'라는 로즈메리 향기 고와라!

인동 꽃 피는 해변 / 정찬열

상쾌한 아침 공기 털어 마시려
음지 비켜 양지로 걷는 해변에
우로 감고 오른 넝쿨 유영에
향기 먹고 날으는 나비 눈길 쫒는다.

아침이슬 머금고 기우는 꽃
화방에는 꽃 색깔이 유난스러운
감고 오른 줄기에 하얗고 노랑 꽃잎
인동 꽃은 가던 걸음 멈추게 한다.

오뉴월 햇살 수줍음에
서성이는 아침의 바닷바람은
봄의 무딘 향기로 보답하는 금은화
간밤에 굳은 몸이 쭉 펴질 것 같다

헌신과 사랑으로 기별도 없이
강인하게 피워낸 해변 인동덩굴
달라붙은 회한처럼 피운 꽃을 따
빨아 먹던 유년기 해변 인동 꽃이

한결같이 인동꽃을 보노라면
불현듯이 못다 이룬 꿈이 깃들어
생각이 머무는 민주화 김 대통령
시공을 초월해서 떠오른 감격은
더욱더 헌신적인 사랑으로 피어난다.

영산강 뱃길 / 정찬열

태곳적부터 무등산을 삼각대 삼아
담양군 용추골에서 발원하여
담양 천의 본류는 광주천과 합류하고
화순군 동남쪽 봉화산에 발원한 지류는
능주(綾州) 천을 흘러서 지석천을 만든다

하얀 억새가 장관을 이루는
금천면 신가리 앞뜰 본류와 합류하는데
2011년 4대 강 사업으로 만들어진 보(洑)로
광주 남구에 자리 잡은 승촌보에 쉬어 간다.

강변 따라 풍광 좋은 영모정(永慕亭)에
선비들의 풍류의 모태가 흐르고
황룡강 푸른 물은 영산강에 흘러들어
서남해로 흘러가는 64㎞의 영산강 뱃길

부족한 물을 채우려고
고막천이 합류하는 곳에는
909년 태조 왕건이 나주 해전을 이룬
물줄기로 공을 세운 남포강 옛 이름

지금의 영산강에 황포돛배를 띄워 놓고
기류를 부여잡은 죽산보가 여론화된
강어귀 둑 150㎞ 장구한 영산강 뱃길

*南浦江: 영산강 이름

백제 미륵사지 / 정찬열

2월의 봄바람에 찾아 나선
우뚝 선 구층 석탑
당간 지주와 백제 석탑
그 모습으로 복원된 흔적 앞에서

기둥 받침대며 기단석 옥개석 등
황 등의 화강암이
부족분을 메우고 채워
2015년에 유네스코에 등재되고

정면 3칸 측면 3칸 뚫려 있고
639년 때로 추측해
재현한 국보 제11호 미륵사지에
불경을 설법하던 귀한 유물 석재

복원을 기다리는 한쪽 풍경에
역사의 자락을 떠도는 시간 여행
묻혀 버린 삼존불상 연못에 그리고

1370년 만에 백제의 역사와
9,947점 유물이 발견된 석탑에는
용화산 자락 아래 세상을 놀라게 한
미륵사지 봄볕이 꿈만 같아라.

시인 조명희

#목차

조명희 (1894년 8월 10일 ~1938년 5월 11일)

호는 포석(抱石). 동경유학시절 낭만적인 시로 출발해서 연극운동가로 변신하였다가 나중에는 소설가로 활약하였다. 1920년 봄 동경에서 근대극연구를 위하여 조직한 극예술협회 창립동인으로 참가하였고, 1921년 동우회(同友會) 순회극단의 일원으로서 전국을 순회하며 연극활동을 하였다. 이 때 희곡 「김영일(金英一)의 사(死)」를 써서 동우회 순회극단 극본으로 삼았고, 그 작품은 선풍적 인기를 모았다. 또, 「파사(婆娑)」(1923) 라는 역사극을 발표하여 현실을 간접적으로 비판하였다. 후기에는 주로 소설을 많이 썼는데, 「땅속으로」·「R군에게」·「저기압」·「농촌사람들」·「동지(同志)」·「한여름 밤」·「아들의 마음」 등은 대표적인 단편소설이다. 1920년대 중반에 들어서서는 신경향파 작가로 두각을 나타냈고 카프(KAPF)의 결성과 함께 프롤레타리아작가로 활약하였으며, 단편집 『낙동강』을 남겼다. 프롤레타리아이념에 중독된 다음에는 매우 급진적 작품을 썼고 결국 시베리아로 떠나 행방불명되고 말았다. 그의 시는 낭만적 경향을 보이며, 희곡은 궁핍한 식민지 현실의 고발과 인도주의의 바탕 위에서 인간의 자유평등과 인습타파를 그리고 있으나 구성상의 취약점과 의식과잉을 보이고 있으며, 소설은 반항적인 사회주의 사상을 보인다. 주요저서로는 시집 『봄 잔디밭 위에』, 희곡집 『김영일의 사』, 소설집 『낙동강』 등이 있다. 1920년대 들어 최초로 문제성을 띤 희곡을 발표한 극작가로 평가된다.

[출처: 한국민족문화대백과사전(조명희(趙明熙))]

봄 잔디밭 위에 / 조명희

내가 이 잔디밭 위에 뛰노닐 적에

우리 어머니가 이 모양을 보아주실 수 없을까?

어린 아기가 어머니 젖가슴에 안겨 어리광함같이

내가 이 잔디밭 위에 짓뒹굴 적에

우리 어머니가 이 모양을 참으로 보아주실 수 없을까?

미칠 듯한 마음을 견디지 못하여

"엄마! 엄마!" 소리를 내었더니

땅이 "왜!" 하고 하늘이 "왜"하오매

어느 것이 나의 어머니인지 알 수 없어라.

시인 조순자

#목차

#시낭송 QR 코드
제 목 : 당신의 미소 속에는
시낭송 : 박영애

공저 <2021 현대시와 인물 사전>

#프로필

대한문학세계 시 부문 등단
(사) 창작문학예술인협의회 회원
대한문인협회 경기지회 정회원
대한창작문예대학 졸업
가자 시 가꾸러 외 공저 다수

#시작노트

나는 오직 사랑과 선함으로 생명력 있는
시를 지으며
날마다 사랑하며 살리라

낮의 해처럼 밝은 빛으로
이웃과 사랑 나누며
밝고 고운 맘으로 사랑의 시를 짓는 시
인이 되리라.

아픔이 있을 때
서로 위로하고 감싸주며
기쁨이 있을 때
함께 기쁨을 나누는
함께 사는 시인이 되리라

모든 이웃을 사랑하는
그 마음 하나로…

당신의 미소 속에는 / 조순자

나를 향한 당신의 미소 속에는
나의 신경세포 140억 개를
단번에 사로잡는 강하고
아름다운 사랑이 있습니다

젖뗀 아이가 걸음마를 배우며
수없이 주저앉고 넘어져도
다시 일어나 걷게 하는 것처럼
당신의 미소 속에는
나를 다시 일어나 뛰게 하는
강하고 내밀한 사랑이 있습니다

때로는 말없이 토닥여 주고
때로는 힘차게 손잡아 주는
나를 향한 당신의 미소 속에는
변찮는 사랑의 메시지가 가득 차 있습니다

나를 향한 당신의 미소 속에는
메마른 사막의 샘물처럼 언제나
갈증 나는 나의 목을 적셔주는
생명수 같은 사랑이 가득 차 있어
날마다 당신을 사모하고 있습니다.

우리 할머니는 / 조순자

우리 할머니는 날마다 피는 꽃
손녀 손자를 바라보며 싱글벙글
해바라기 같이 커다랗게 웃는 꽃
해처럼 달처럼 환하게 웃는 꽃

우리 할머니는 기부 천사
세상에서 가장 귀한 것
세상에서 가장 좋은 것
아낌없이 다 나눠주는
마음씨 착한 지상의 기부 천사

우리 할머니는 기도 대장
나라와 민족을 위해
이웃집과 우리 가정과
온 세상의 평화를 위해
새벽마다 기도하는 기도 대장

우리 할머니는 사랑의 여왕
모든 사람들에게 웃음 주고
필요한 사랑 아낌없이
빈틈없이 다 챙겨주는
친절한 여왕 사랑의 여왕

꽃 단풍 아래에서 / 조순자

층층 벼랑 고운 꽃 단풍
산마다 골마다 곱기도 하다

기름진 금빛 햇살
붉디붉은 꽃 단풍을 비추니
핏빛으로 물든 단풍잎
샐비어처럼 타는 듯 붉기도 하다

그 뉘라서 알아주랴
내 마음 또한 저리 아름답고
곱디곱게 붉은 사랑이었던 것을

붉게 물든 맑고 고운 시냇물
내 사랑의 연정을 아는지
굽이쳐 흐르며 손사래를 친다.

책 중의 책 / 조순자

생텍쥐페리의 어린 왕자가
즐겨 읽었다는 그 성스러운 책
링컨과 수많은 사상가와
철학자들과 과학자들과
유일신을 사모하는 자들이
무수히 읽고 또 읽어
해마다 베스트셀러 1위가 된다는
그 책을 책 중의 책이라 한다.

그 책에는 서로 사랑하며 사는 방법과
선하고 의롭게 사는 방법과
부모님을 섬기는 방법과
세상을 사랑하며 사는 방법과
온전한 믿음과 사랑으로 사는
방법론을 알려주는 좋은 책이다

삶에 대한 가치성을 높여주고
참 진리를 가르쳐 주는 그 책은
사람들에게 더없이 좋은 친구이며
영원한 연인이며 동서고금 어디에서든
모든 사람이 가장 즐겨 읽는 책이란다.

돌아온 나의 노병이여 / 조순자

젊은 날 야생마 같았던
푸르고 싱싱하던 기백은 어디로 갔는가
서릿발처럼 빛나는
반백의 머리칼을 정중히 이고
집으로 돌아온 노병의 어깨가 무겁다

건장한 두 어깨의 황금같이 빛나던
계급장은 또 어디로 갔는가
메마른 사막의 모래 언덕같이
주름진 노병의 얼굴이 푸석하다

오, 돌아온 내 사랑 노병이여
당신은 오직 바람에 펄럭이는 태극기처럼 힘차게 노래하며
신나게 춤추며 지내소서
오뉴월 우거진 숲속처럼 청청하소서

태초부터 준비된
당신의 갈비뼈 내조의 여왕은
노병의 기를 살리는 사랑의 전술가려니
당신은 그저 젊음의 기백처럼
경험의 기백으로 늘 푸르게 청청하소서.

통일을 위한 기도를 / 조순자

세월은 유수같이 흐르고 흘러
아름다운 꽃은 피고 지고
황금 열매 가득한 가을이건만

이제도 오가지 못하는 삼팔선은
칼날처럼 시퍼렇게 버티고 서서
실향민의 가슴을 아프게 한다

그 어느 날에나 소통하는 민족 되어
철새처럼 자유롭게 넘나들 수 있을까
애타는 한숨 소리 기러기가 실어 간다

사랑하고 살아도 짧은 인생살이
동족과 형제끼리 등 돌린 채 어찌
총칼도 아닌 핵을 들고 위협하는가
실향민의 간절한 눈물의 기도
주여, 들으시고 속히 응답하소서.

양철 지붕의 추억 / 조순자

지금도 세찬 폭풍우가 쏟아지면
기관총 소리 같았던 빗소리가 들린다
따따따 땅땅땅 양철 지붕
무섭게 후려치던 어린 시절의
총소리 같은 빗소리가 세차게 들린다

갈아엎을 듯 뇌성벽력 요란했고
번쩍이던 번갯불이 무서워
이불을 뒤집어쓰고 울었던 학창 시절
까치집의 작은 옥탑방 자취 생활이 생각난다

그래도 비 그치고 해 뜨면
우등생 아우의 두 어깨도
착한 누나 두 어깨도 으쓱으쓱
미래를 향해 황소같이
억척스레 일하고 밤새워 공부했었다

눈물로 뿌린 씨앗
기쁨으로 거둔다 듯이
가난 속의 그 눈물과 그 땀
그 두려움 진한 거름 되었는가
늘그막의 인생길이
황무지에 장미꽃 핀 듯 곱고 화려하다.

처녀 나무꾼 / 조순자

호젓하고 가파른 봉림산 자락에서
하늘을 벗 삼아 푸장 나무를 하노라면
푸른 산 골 너머 그림 같이 달려가는
정오의 기차 소리와 함께
산 아래 엄니가 똬리 받쳐
점심밥을 이고 산길을 오르셨다

텃밭의 싱그런 가지랑 고추
깨 숚음도 듬뿍 갓 짠 들기름도 듬뿍
그 얼마나 고소했던지
얼큰한 배추겉절이 어찌 그리 맛있던지
게 눈 감추듯 배 채우고
팔베개 베고 누워 바라본 가을 하늘은
두 눈이 시리도록 푸르렀다

꿈이 무엇인지도 모른 채
막연히 떠나고 싶었던 고향
농사짓는 일이 힘들었고
나무하는 것이 고통이었던
열아홉 살 처녀 나무꾼

아, 인생이란
이렇게 끝없는 집시련가
햇빛 찬란한 가을날이면 어느새
고향 하늘을 날아가는 철새가 된다.

순례자의 길을 / 조순자

주여,
빛과 어둠의 교차로에서
영원한 안식처를 찾는
지상의 순례자를 돌아보소서

때론 달콤한 듯 행복하게 보여도
때론 넉넉한 듯 풍족하게 보여도
알고 보면 허울뿐인
지독하게 고독한 순례자를 돌아보소서

외로울 땐 간절히 간구하고
괴로울 땐 눈물로 회개하고
주의 사랑 간절히 갈구하는
천성을 사모하는 순례자를 기억하소서

이런저런 아픔을 견디며
쓰디쓴 고통을 감내하려
무던히 애쓰며 울부짖는
천성을 소망하는 믿음의 순례자들
세상 욕심 다 버리고
선한 양심 따라 온전하게 살게 하소서.

그냥 제 자리에 놔두세요 / 조순자

산과 들의 꽃이 제아무리
아름답게 피어있을지라도
남의 사랑이 제아무리
아름다워 보여도 탐내지 말고
제 자리에서 살도록 그냥 놔두세요

제아무리 남의 물건이 좋아 보여도
제아무리 남의 재물이 많아 보여도
탐내지 말고 그냥 제 자리에 놔두세요

꽃도 꺾으면 아파 눈물이 나고
사랑도 꺾으면 아파 상처가 되니
오직 존중하는 맘으로
제 살던 곳에서 그대로 살도록
그냥 제 자리에 가만히 놔두세요

꽃이 아름답다고
사랑이 탐 난다고
권력으로 무모하게 꺾지 마세요
무모하게 함부로 취하지 마세요
그 모습 그대로 존중하며 아껴주며
그냥 제 자리에서 살도록 놔두세요
그러면 당신도 아름다울 테니까요.

시인 조한직

#프로필

대한문학세계 시 부문 등단
(사)창작문학예술인협의회 회원
대한문인협회, 대한시낭송가협회 정회원
대한문인협회 기획국장
제1시집 〈별의 향기〉
제2시집 〈고독 위에 핀 꽃〉

#시작노트

♡시♡

시란
가려운 곳을 긁듯
묻혀가는 세월을
한 페이지씩 펼쳐 내는 일이다

시란
넘나드는
생과 사의 틈바구니에서
생성되는 말들을 쪼아 내는 일이다

시란
먼 산을 바라보듯
아직 오지 않은 날들에 다가가며
오늘을 토해내는 일이다.

시란
사랑을 알아가며
고통과 고난을 환희로 희석해 내는
풍류객의 노래다.

#목차

#시낭송 QR 코드
제 목 : 둥글어져라
시낭송 : 조한직

제2시집 〈고독 위에 핀 꽃〉

둥글어져라 / 조한직

바람처럼 다가가고
강물처럼 흘러가라
한 걸음도 물러설 수 없는 것이 삶이고
한 걸음도 피할 수 없는 것이 죽음인 것을

매일 같이 번뜩이는 생사의 길을
생각 없이 홀로 걷는다는 것은
얼마나 모자라고 무모한 짓인가.

모난 돌이 둥글어지기까지
얼마나 많은 세월 강물 속을 굴러왔으며
얼마나 많은 세월 비바람을 견뎌 왔는지

애초에 모난 생각을 품고도
자아는 내내 둥글어지지 못하고
어둠에 갇혀 밝은 세상을 탓하는 인생이여

이제라도 모난 생각에서 깨어나
세상을 원망만 하지 말고 둥글어져라
둥근 자아는 세상을 굴러도
자아도 구른 자리에도 상처가 남지 않으리라.

목련꽃 앞에서 / 조한직

하얀 눈바람 먼 길을
돌아서 핀 목련화야
통한의 날 품어 안고 솜처럼
포근하고 우아하게 영혼을 사르누나.

바라봐도 그리운 네게
세상 모질다
투정하는 이 있거든
한 떨기 하얀 꽃잎 흔들어 주렴

모진 바람 맞서온 네게
더 서러운 이 있거든
네 하얀 속마음 열어주렴
폭풍 한설 건너온 가슴이라고

사람아!
사랑을 갈구 말고 하얀 목련꽃을 보라
통한을 품어 안은 가슴에도
포근한 사랑이 흐르고 있느니

삶이 힘들다 한탄 말고
사랑으로 닫힌 가슴 열어가라.

당신은 피스타치오 / 조한직

사랑하는 사람아
다정히 손잡고 호젓이
찰랑찰랑 은물결 춤추는 강나루 가자

달빛 흐르는 밤
강물 위에 조각달 띄우고
일렁이는 물결 따라 함께 흘러가자

유수 같이 흘러간 철없던 날들
미움도 원망도 모두 씻어버리고
사랑하며 살아갈 날만큼
반짝이는 별처럼 영혼을 불사르며
두 손 꼭 잡고 함께 사랑을 노래하자

바라보면 나긋한 미소에
언제나 구수함이 졸졸 흐르는 당신은
당신은 나의 고소한 피스타치오

눈비 내리고 폭풍 휘몰아친다 해도
세상 끝까지 함께하며 하나뿐인
나는 나의 사랑 당신을 지키리라.

사랑의 등불 / 조한직

누군가를
사랑한다는 것은
가슴에
등불 하나 켜는 일입니다

사랑은
영혼을 설레게 하며
마음을 기쁘게 하여 행복을 줍니다

하여
오늘도
누군가를 기다리며
가슴에
등불 하나 밝혀둡니다

오시는 길 불빛 좇아서
고운 걸음으로
가만가만 디뎌오소서.

사랑 그 하나로 / 조한직

어둡고 먼 길
호롱불 밝혀 들고
한 걸음 한 걸음 사랑으로 딛자

홀로 걷는 그 길이
외롭고 힘들고 멀어도
웃으면서 뚜벅뚜벅 사랑으로 걷자

살아 있음이 사랑이니
고뇌에 좌절하지 말고
묵묵히 걸어가야 한다

다다를 종점이
저기 눈앞이라 해도
마지막 숨 다하는 순간까지

사랑!
그 하나로
나는 우직하게 걸어갈 거다.

울지 말아요 / 조한직

이별 앞에서
울지 말아요
종국에는 모두가 이별이에요

이별이
슬프다고 울면
우리는 날마다 울어야 해요

삶에서 뭐 그리
좋은 일들만 있을까요
살다 보면
이별 아닌 게 없어요

세상일이란
기쁨 반
슬픔이 반이지요

삶에 날마다
바람 불고 요동친다 해도
그러려니 웃고 살아요

우리 함께 걸어요 / 조한직

우리 걸어요
구불구불 오솔길로
은물결 일렁이는 호숫가로
우리 함께 걸어요

구름 사이로
낮달 걸린 하늘 바라보며
도란도란 소곤소곤
눈빛 마주하며 걸어요

생각만 해도 좋은 사람
할 말 없어도 그냥
아무 얘기나 하면서 걸어요

이유는 없어요
세상 가는 길
한마음으로 걷고 싶어요
우리 그냥 걸어요.

대답 없는 메아리 / 조한직

속절없는 그리움에
눈동자 깜빡이던 시간은
속 눈물 감춘 달빛에 반짝이며 흘러갔다

소리쳐
부를 만큼 불러보았고
아플 만큼
가슴을 가슴으로 두드려도 보았다

홀로
메아리 없는 외침은 무료하다
빛을 잃은 두 눈과 낭랑한 목은 쉬었고
열정의 가슴은 초조함에 주저앉는다

핏빛보다 붉은 저 그리움
너마저, 그리움은 아픔이다
타버린 심장은 재가 되어 멎어버리고
그리움이 솟구치던 심원(心源)은 말라간다

이제는 내가 나를 잠재워야 할 시간
이 가을 쓸쓸히 노을만 붉게 타누나.

청춘의 재 / 조한직

서러워 눈물 가슴에 고여도
겉으로 눈물 보이지 말자 했다

숨통을 막는 응어리
속으로 속으로 밀어 넣으며
남 볼라 아픈 가슴 웃음으로 덮자 했다

바람에 휘영이는 버들처럼
목숨줄 휘휘 휘돌던 모진 삶에도
욕망은 별처럼 어둠 속에서 반짝였지

걸어온 구렁 길 살아갈 날은 꽃길만 같아라
시대의 가난에 모두가 그러려니
고난인 줄 모르고 죽음으로 살아낸 삶에
청춘은 검은 재가 되었다

다시 못 갈 눈물로 닦은 그 길 위에서
한 잎 낙엽 같은 인생 손에 무엇을 쥐었는지
떨며 이별을 준비하는 저 나뭇잎
해도 바람과 놀아나는 마지막 춤이 살갑다.

가을 단상 / 조한직

골육을 다 살라낸 영혼은
사랑의 흔적을 물신 남기고
흩날리며 멀고 먼 방황의 길 정처 없다

마냥 히득거리며
청청할 줄로만 알았던 사랑은
찬바람이 불어서야 비로소
흘리지 못한 눈물을 품었음을 본다

애달프다
저 붉은빛
다 한 사랑을 안고 나부끼며
처연히 부서지는 휘파람 소리
귓전에 서글프다

찬란했던 그 사랑
지금, 사랑은 져도
이다음의 환생을 잊지 않으리
너는 사랑으로 피어나
지는 순간도 사랑이거늘.

시인 주응규

#목차

1. 내 오랜 친구야
2. 입춘(立春)
3. 봄밤
4. 여름날을 달구는 엄마 생각
5. 꽃
6. 가을이런가
7. 늦가을 서정
8. 겨울 산책
9. 그 시절 겨울은 따스했습니다
10. 사는 인생

#시낭송 QR 코드
제 목 : 내 오랜 친구야
시낭송 : 김락호

제4시집 <꽃보다 너>

#프로필

대한문학세계 시 부문, 수필 부문 등단
(사)창작문학예술인협의회 부이사장
대한문인협회 부회장
문학어울림 회장

저서
1시집 "人生은 詩가 되어 흐른다"
2시집 "삶이 흐르는 여울목"
3시집 "시간위를 걷다"
4시집 "꽃보다 너"
수필집"햇살이 머무는 뜨락"

#시작노트

영국 낭만주의 운동을 이끈 시인 윌리엄 워즈워스(William Wordsworth, 1770~1850)는 "시와 일상어는 다르지 않다"고 주장하며 '시골 사람들이 사용하는 언어'를 시어로 선택할 것을 주장했습니다. 이는 가식적으로 꾸며낸 말투, 고아하고 아름답고 장식적인 언어, 수사학적 기교의 시어보다는 산업화에 조금은 탈피하여 살아가는 시골 사람들이 사용하는 인간미가 배인 시어가 뭇사람과 호흡하는 순수한 시어라는 것을 강조한 말일 겁니다.

내 오랜 친구야 / 주응규

산모퉁이 돌아 산등성이를 넘어
뻐꾹새 울음소리 따라
찔레꽃잎이 날리던 길 위를
다정히 어깨동무하고 마냥 걸었던
친구야 내 오랜 친구야

그리워 그리워서 너를 부르면
아득한 메아리로 답하는
너의 목소리는 내 마음에 내려앉아
친구야 너는 꽃으로 피어난단다

논두렁길 밭두렁 길 풀숲을 지나
초록이 바람과 노닐고
뭉실뭉실 꽃구름 피는 강가에
팔베개하고 누워 흰 구름에 꿈을 싣던
친구야 내 오랜 친구야

외로워 외로워서 너를 부르면
어느새 내 마음의 창가에
아침햇살처럼 싱그럽게 피어나는
친구야 너는 내 삶의 여백이란다.

친구야 내 오랜 친구야
너는 내 마음에
봄 여름 가을 겨울 없이 피는
꽃이란다.

입춘(立春) / 주응규

산짐승 같이 길들어지지 않은
엄동설한의 울부짖음이
어느 틈에 멎어 들면

산빛도 물빛도
혹한의 겨울을
말끔히 씻어내고 있다

양지에 발그스레 터진
매화(梅花) 꽃잎과 향기가
햇살과 바람을
물들인다.

봄밤 / 주응규

꽃향기에 포근히 싸인 밤
바람이 씻고 간 별빛에도
너 그리움이 가득하다

봄꽃같이 황홀한
너의 모습 피우는
봄밤의 정취에
흥건히 취한다

새하얗게 눈이 부시도록
나풀나풀 다가서는
첫사랑 소녀야

꽃비로 아슴아슴 물들이는
너 그리움에
또다시
가슴앓이가 시작된다.

여름날을 달구는 엄마 생각 / 주응규

논두렁 밭두렁에 뿌려두신 땀방울이
도랑물로 넘쳐나
멱을 감다시피 한 여름날
대청마루에 팔베개하고 누우면
삼베적삼에 흥건히 배인
울 엄마 곰살궂은 땀 내음이
가슴을 저미도록 풍겨오는
한갓진 나절

햇볕에 가무잡잡하게 그을려 해쓱한
먼빛 그림자를 앞세우고
사랫길 너머 끓어 오르는 햇발 속을
꼬부장히 굽은 허리로
삶의 버거운 짐을 이고 지고
뿌연 흙먼지 바람 날리시며
한여름 가파른 등성이를
넘어오실 것 같은 울 엄마

여름날을 쉽게 달구는
매미의 자지러지는 울음소리 따라
땀과 눈물에 얼룩진
울 엄마 삶의 가쁜 숨결이 목메 와
고샅길 야트막한 울타리
사립짝을 활짝 밀어젖혀
가슴으로 울 엄마 고이 드리옵고
흘리는 때 늦은 눈물은
한여름날 한바탕 쏟아지는 소낙비 같으리.

멱감다: 냇물이나 강물 등에 들어가 몸을 씻거나 놀다.
곰살궂다: 성질이 싹싹하여 정겹고 다정스럽다. / 한갓지다: 한가하고 조용하다.
사랫길: 논밭 사이로 난 길. / 고샅길: 시골 마을의 좁은 골목길.
사립짝: 나뭇가지를 엮어서 만든 문짝.

꽃 / 주응규

서러웠던 긴 날 묵새기며
숨죽여 글썽인 아린 눈물
참을 수 있었던 것은
그대가 계시기에 가능했습니다.

그대에게 다가서기 위해
애절함 지펴 부단히 떨친 것은
오로지 그대가 반겨
주시리라는 생각 때문입니다.

행여 그대 나 몰라라시면 어떡하나요

나절로 피우기 위해
애통히 눈물짓던 쓰라림을
그대 아시는지요.

그대 만나면 아픔 겹던 설움
모두 잊을 수 있답니다.

그대 마음 흐린 날
고르로운 햇살처럼 오롯이
그대에게 위안 주고 싶음을
그대 아시는지요.

아시나요.
그대 살가운 눈길로
반가이 맞이해 줄 때
비로소 진정한 꽃이 된다는 것을.

가을이런가 / 주응규

강렬한 볕에 짙붉게
그을린 마음이
늦여름 처마 끝에서
뚝뚝
낙숫물 지는 날
불현듯 떠오르는 얼굴이
햇살 알갱이에
소담스레 담겨온다

바람이 소슬히 불어와
허물어진 마음을
한량없이 흔들어 댄다

아! 가을이런가.

늦가을 서정 / 주응규

처절한 혈투로 기력 쇠잔해진
볕뉘가 산그늘에 먹히면
초록 잎잎이 핏빛 낭자하다

붉은 입술빛 난사하는
을씨년스런 갈바람에
피골이 상접한 들국화는
가녀린 신음을 토한다

억새와 수숫대의 서글픈 곡조 따라
나뒹굴며 우니는
메마른 가랑잎 도드리장단에
가슴이 아르르 저리다.

겨울 산책 / 주응규

머리맡의 얼어버린 자리끼같이
천지간이 정적에 잠겼다가
쩡쩡 갈라지는 겨울 속을 걷는다

뭇발길에 비켜선 먼 산자락
절벽에 뿌리내린 노송은
잔솔가지에 백화(白花)를
난만히 피운 채
의연한 기백이 푸르르다

고드름같이 하얗게 날이 선
창백한 햇살을 흠빨며
근근이 목숨 줄을 부지하는
무수한 생명이 실살스레
봄을 피우기에 분주하다

자연의 맥박이 쉼 없이 고동쳐
분홍 꿈을 시나브로 투영하는
삶은 한겨울 날의 산책 같다.

그 시절 겨울은 따스했습니다 / 주응규

지금은 아스라이 멀어져 간
그 시절 겨울은 따스했습니다

초라한 행색으로 오갈 데 없이
떠돌던 외톨이 찬 바람이
비틀거리는 겨울 햇살에
기댄 채 스러져 갈 무렵

잡목 곁가지 한가득 묶어 맨
나뭇짐 지게 짊어지신
아버지의 뒷모습이 아로새겨진
그 시절 겨울은 따스했습니다

어머니, 부엌아궁이 불 지펴
가마솥에 안쳐놓은
보리밥 뜸들이는 정겨운 소리와
쇠죽 끓는 구수한 내음이 풍기는
그 시절 겨울은 따스했습니다

툇마루에 걸터앉아 졸던, 기력 잃은 해는
굴뚝에서 모락모락 피어오르는
저녁연기에 드러눕고
온돌방에 흐르는
어머니 아버지, 삶의 숨결이 듬뿍 밴
인심 넘치고 사람 사는 냄새가 나는
그 시절 겨울은 참으로 따스했습니다.

사는 인생 / 주응규

한 치 앞도 모르면서 사는 인생

세상에 완벽한 삶이 어딨으랴
조금씩은 양에 미치지 못해도
서로 보듬으며 살아가거늘

세상에 영원한 삶이 어딨으랴
피었으면 반드시 지는 것이
자연의 원리이거늘

세상에 아름답지 않은 삶이 어딨으랴
제아무리 하찮은 존재라도
나름의 이유로 피어나
나름의 향기를 풍기며
한 세상 살아가거늘

세상을 살면서 빚지지 않은 삶이 어딨으랴
너나없이 서로에게
빚지며 살아가거늘

세상에 인연 없는 삶이 어딨으랴
운명같이 맺어지는 묘한 인연에
웃음 주고 눈물 주며 살아가거늘.

시인 최명자

#프로필

충북 출생, 현 대전 거주
대한문학세계 시 부문 등단
(사)창작문학예술인협의회 회원
대한시낭송가협회 회장
대한문인협회 대전충청지회 총무국장

#시작노트

가을 여정

불꽃처럼
뜨겁게 타올라
찬연한 시간을 뒤로하고

타는 눈망울에
저마다 아픈 사연 담아
서늘한 바람에 몸을 던진다

한 줌으로 쓸쓸히 밟히는
정처 없는 유랑의 발길
삶의 갈피마다 흔적을 남긴다

짧은 시간 긴긴 이별의 몸짓으로
신음을 토한
아슴아슴한 여정 속에서

다시
봄을 품는다.

#목차

#시낭송 QR 코드
제 목 : 여인의 향기
시낭송 : 최명자

공저 <2021 현대시와 인물 사전>

여인의 향기 / 최명자

봄빛이 물들어
연초록 새싹이 살랑거리면
햇살 머금은 연분홍 미소는
여인을 따라 피어난다

스치는 바람에
여인의 향기는 행복을 말하고
우아한 몸짓은
사랑 닮은 아름다움을 찾는다

봄이어서 행복한 여인은
산허리에 자줏빛 그리움을 놓고
발길 머문 자리엔
사랑을 심는다

아름다운 사랑이 뜨락에 떨어지면
차마 꽃잎을 쓸지 못하고
사진기에 향기까지를 담아
가슴으로 찍은 추억을 간직한다.

가을비 / 최명자

그대가 그리워
사락사락 낙엽의 몸짓에
시린 그리움이 일렁인다

그대가 오셨나
동그란 숨결의 파문 같은
토독 토도독 늦은 문소리

그대가 가시나
찰박찰박 스미는 빗소리에
내 마음 흠뻑 젖는다

가을비 내리는 날
빗방울의 발자국 따라
눈마저 흐려진 꽃이 핀다

눈마저 흐려진 꽃이 핀다.

가을 애수 / 최명자

눈부신 단풍이
출렁이며 흐르던 가을이
떠나려 한다

시리도록 아름다워 품은 가슴에
깊게 젖은 추억의 조각들
하나둘 멍울져 서걱거린다

이제는
아픈 마음 안으로 삭인
마지막 남은 그리움이
허공에 몸을 맡긴 채 흔들리고 있다

미련일까
가슴이 뜨겁다.

동행 / 최명자

향기로운 바람이 마음을 두드리듯
시를 지어 꽃무늬를 입혀주는
시 낭송이 삶의 인연으로
아름다운 동행을 한다

시어에 오롯이 담아낸 이야기가
눈물이 되기도 웃음이 되기도 하며
인생의 계절을 적시어 간다

가을이 열매와 잎을 물들일 때
스스로 아름다워지듯이
누군가에게 따뜻한 숨결로 다가가
아름다운 시로 물들이고 싶다

빛살 고운 이 순간
마음의 꽃이 피는 소리가 들린다.

딸이 주는 행복 / 최명자

오월의 햇살 머금은
향기로운 꽃으로 온 내 사랑아
널 보면 입가에 번지는 미소로 행복하다

빛나는 긴 생머리
뽀얀 피부가 어여쁜 내 사랑아
널 보면 사랑스러움에 입맞춤하고 싶다

우아한 춤사위로
무대 위 백조를 꿈꾸는 내 사랑아
힘든 여정 속에
어려운 시련의 그림자가 와도
너의 손 잡아줄게

오늘도
해맑은 미소로 날갯짓하며
아름다운 희망의 꽃 피우는
널 보면 눈가에 번지는 미소로 행복하다

그냥
바라만 봐도 참 행복하다.

또또사랑 / 최명자

사랑하고
또 사랑하는 마음으로
웃음이 맑고
꿈 많은 아이를 만나
생각을 입혀준다

초롱초롱한 눈망울에
글을 담아주면
수정보다 더 반짝거린다

하얀 마음에
희망을 품은 씨앗 하나
눈 맞추고 입을 맞추며
미소 지을 때마다
여린 가지를 뻗어 올린다

사랑하고
또 사랑하는 눈빛으로
꿈나무를 만난다.

봄을 입다 / 최명자

쇼윈도에 피어난 꽃
스치듯 봤을 뿐인데
마음 깊은 곳에 향기 감돌아
그냥 널 담기로 했다

아마도 은은하게 닿는
고아한 눈짓에
깊이 빠졌는지도 모른다

언제 오려나
잘 어울릴까
행여 실망은 하지 않을까
널 볼 생각에 소녀처럼 설렌다

너를 품고 하나가 되던 날
들꽃 위에 웃음 포개면
꽃잎은 봄바람에 여행을 한다

하늘하늘 원피스 네가 봄이다.

순백의 눈꽃 / 최명자

잿빛 구름이
소담스러운 눈송이로 내려온다

긴 기다림의 첫눈이다

훌쩍 떠나고 싶은
마음 한 자락 뿌리치지 못하고
하얀 눈을 맞으며 길을 나선다

시리도록 아름다운 눈송이는
짧은 만남이 못내 아쉬워
가슴으로 다가와 속울음 삼킨다

함박눈은
임 향한 그리움이 쌓이듯
순백의 눈꽃으로 한 겹 한 겹 쌓인다.

어머니의 길 / 최명자

새벽이슬 맞으며
밤새 울쿤 월아감을 잔뜩이고
어머니는 장터를 향해 길을 나선다

홀로 남은 아이는
길손마저 끊어진 다리를 수없이 오가며
기다림의 꽃을 피운다

눈빛 맞대며
섶다리 너머 먼 거리에서
손짓하시던 어머니

잡은 손에
쥐어 주시던 눈깔사탕은
애틋한 사랑이었으리라

한 조각 그리움은
끊어진 다리에서 기다리고
어머니의 모습은 강물 위에 투영되어 흐른다.

언어의 향기 / 최명자

언어에는 나름의 온도가 있습니다
말과 글은 머리에만 남겨지는 게 아니라
가슴에도 새겨지기 때문입니다

마음속에 꽂힌 언어는
지지 않는 꽃으로 남습니다

무심결에 내뱉는 차가운 말 한마디는
속에서 울어야 하는
슬픔이 있습니다

어둠으로 힘겨워진 생의 뒤안길에
슬픔을 감싸 안아주는
따뜻한 헤아림 위에 피는 위로의 꽃은
누군가에게는 새순으로 자라납니다

그윽하고 온기 있는 언어는
지치고 시린 발등을 감싸주는
그리움과도 같은 사람의 향기입니다.

시인 최숙경

#목차

#시낭송 QR 코드
제 목 : 간격과 반격
시낭송 : 박순애

공저 <2017 대한문학세계 가을호>

#프로필

대한문학세계 시 부문 등단
(사)창작문학예술인협의회 회원
대한문인협회 정회원

#시작노트

여름을 견딘 노란 콩이
늦가을 메주로 태어나
새로운 생을 시작하고

푸르게 자라는 무청 아래로
묵묵히 살을 찌워낸 무는
겨울을 담아 동치미로

지난한 시간을 견뎌낸
우리 속내는 어떤 모습으로
피워내야 할까?

늦은 가을 그곳에서 있었던 일 / 최숙경

사람들이 거두려 하지 않는 씨앗들은
스스로 터져 다음 계절이 오기 전
땅이 얼기 전에 툭툭 멀리 깊게
자기 몸을 숨겨 계절 숨바꼭질을 한다
가만히 들어보면 바람 소리에 묻혀
터뜨릴 때도 있고
소규모 폭죽처럼 크고 작은 소리를 내며
짧은 늦가을 햇살에 힘을 빌려 터진다

어쩌면
몇 번은 늦은 가을 속에 서서
스스로 힘을 내어 일어날 이유를
만들고 또 만들어야 했던 날도 있었을 게다
해가 뜨면 약속처럼 몸을 일으키고
어디엔가 숨겨 놓은 씨앗
하나씩 꺼내어 심고 키워 놓으면
다시
어느 늦은 가을 속에 서 있을지라도.

아름다운 만남 / 최숙경

세월의 먼 길을 돌아서
당신의 손을 잡고
당신이 그리워하던 분을
만나러 가는 길
촉촉하고 평화로운 비가 내립니다

일기장에 써 내려간
오래된 소망 하나
살아가는 일이 먼저가 되어
가끔은 잊혀
지금에야 가고 있다고

하늘은 흐린데 초록은 빗물에 눈부십니다

누구도 선택할 수 없는
삶의 다른 끈 앞에
덤덤할 수 있는 나이가 된 당신도
'엄마'를 부르면 아이가 되네요

오늘 당신은 이렇게 일기를 쓰겠지요
'엄마... 엄마...'
나도 다시 아이가 되는 날입니다.

그 냇가에는 / 최숙경

아무 의심 없이 단풍나무는
처음부터 붉은 잎이라 생각했었지
마치 몰랑한 홍시가
감나무에서부터 몰랑하게 달려 있을 거라
생각했던 것처럼
4월 바람이 몹시 불던 날
동네 입구 냇가를 지나다가
바람에 심하게 흔들리던 단풍나무를
멈춰서서 자세히 보았지
아니, 단풍나무가 연초록이네

믿고 싶은 대로 과정은 없이 결과만 보는 것
그 냇가의 물은 끊임없이 흘렀을 거고
단풍나무도 뿌리가 자라고
초록 잎이 나고 자라서 그 가을쯤
붉은빛으로 깊은 가을로 흘러갔을 건대
흐르는 모든 것이 순간 멈춤으로 보여
순간만 생각하는 과오를 범한 건 아닌지
저 반짝이는 냇물과 연초록의 단풍잎과
4월 바람이 나의 마음을 일렁이게 하네.

초원다방 / 최숙경

이미 만석인 갈치 집
순서를 매기는 표식은
둥근 달이 달마다 떠 있는
휘영청 빛나는 그림
얼큰한 갈치찌개에
피로를 녹여 맛을 더하네

갈치 집을 돌아서면
오라는 손짓은 없어도
들어가야 할 듯한
초원다방 간판이 불러 세우네

진한 쌍화차에는 노란 알 하나 띄우고
마담의 기미보다 짙은 깨가 가득하네
수줍은 말투가 정겹기까지 하니
아마도 단골이 많을 듯하네

다 마시지 않은 쌍화차
마담은 이유를 묻는다
맛이 없다는 이유를 말하지 못하고
돌아서 나온 것은
천진하기까지 한 미소 때문

마음을 부드럽게 해 주는 것은
미소를 짓게 하는 소박한 것들
초원다방에는 초원의 빛나는 달이 뜬다네.

간격과 반격 / 최숙경

약속은 하지 않았다
그렇다고 굳이 어기고 싶지 않다
팽팽하거나 느슨하거나
선택의 기준은 처음부터 나다

날마다 전쟁을 치르면서
의미 있는 삶을 갈망한다

쥐고 있던 끈을 놓쳐 버렸다면
이제부터는 간격을 깨뜨리는 반격
그 반격 앞에 또 손을 들지도 모른다

두 가지 혹은 여러 가지
간격이 무너질 때마다
유지하려는 반격이 시작된다.

소금은 뿌리지 않아요 / 최숙경

우리 집은 뿌리지 않아요
다 다르니까요

쉽게 사는 것에 익숙해
물어보고 만다
누구네 누구네
입맛이 달라서라는 현명함
그래, 기준은 자기지 다들
휩쓸리는 삶에 빠진
휘청이는 생각을 잡아 보는 날

누구의 판단 위에
얄팍한 앎으로 저울질한 건 아닌지
얇은 입술로 쏟아내던
뾰족한 말에 찔려
피우지도 못하고 얼어버린 마음들
동태포 상인의 말처럼
각자의 삶에 적당한 간을 해야지

타인의 사는 이야기에
소금은 뿌리지 말아요.

때로는 흔들려 주리 / 최숙경

한때,
모진 바람과 마주해 지켜내려 했다
그때,
전부라고 믿었던 어리석음이 있었다

쥐었다 하여 내 것이 아닌 것임을
너무 늦지 않게 알았음에

나무가 꽃잎을 놓아 주듯이
꽃잎이 바람에 흔들리듯이
때론 흔들려 주리라

떨어져 자유로운 꽃자리에
새로운 생명이 움트고

옥죄였던 매듭 하나쯤
날리는 꽃 속에 풀어도 좋으리
때로는 마음껏 흔들려 주리.

새는 웅크리지 않는다 / 최숙경

크기의 차이 없이 깃을 펼치고
날아오르는 것이 새의 숙명이다

창을 통해 보이는 풍경은 평화롭고
아무런 통증 없이 바람은 지나가고 온다

가녀린 숨쉬기조차 버겁게 느껴지는 건
나눌 수 없었던 과거로 이어지는 숨죽임

이제, 한 마디 옹알거림이 시작되었고
곧 더 많은 메아리가 되어
닫혀 있던 그곳에 울림이 되고
훈훈한 달램으로 치유의 시간만이 기다릴 뿐

오랜 시간 숨어 울었던 낮은 목소리
혼자 감당하려 했던 수많은 비수들과 맞서서
끝끝내 이겨내어 비상의 시간 앞에 숨 돌리고
날갯짓 힘껏 하며 눈물 한 방울만 뿌려 버리자.

하늘 보는 밤 / 최숙경

긴 삶에
끈 하나쯤
끝까지 잡고 가야지

놓아버린 시간
놓쳐버린 시간
흘려보내 버린 시간

발가락 끝까지
힘주어 걸어도
제자리일 때가
더 많았던 지난 그 날들

이제 시작하는 이에게
온갖 상념의 짐 지우지 않고

자기의 걸음으로
자기의 하늘에
별을 새겨 넣고
이야기를 만들 수 있게
재촉하지 말아야지

흔들리는 삶을 붙들어 줄
무엇이 있음을 감사하자.

집으로 / 최숙경

마지막 상행선 기차를 타고
집으로 간다

보이는 것은
창밖의 어둠과 창안의 정지된 얼굴들

조용히 흐르는 밤의 안도
그 속에서
각자의 하루를 되감고 있다

거리 어디쯤 내팽개쳐져
뒹굴던 전단지 같은
내 시간의 조각을 끼워 맞추고
애써 웃어도 본다

휘청거리는 그림자조차
내가 안아야 되는 내 것인 것을
이제
혼자이지만 따뜻한 집으로 간다

혼자인 것이 좋을 때가 있다
사람이 그리울 때가 있다
사람 때문에 멀미가 날 때도 있다

나에게 물어본다
잘 살고 있는 거니.

시인 최윤서

#프로필

대한문학세계 시 부문 등단
(사)창작문학예술인협의회 회원
대한문인협회 경남지회 지역장
대한문학세계 신인문학상
2018년 문예창작지도자 자격 취득
대한창작문예대학 졸업 작품 동상

〈공저〉
문학어울림 동인시집
2020 유화로 보는 명인명시선
2021 명인명시 특선시인선 외 다수

#시작노트

뿌리 깊은 나무의 심지처럼
어떤 역경에도 흔들림 없이
마음을 다스리는
글을 쓰며 감사한 요즘입니다.

#목차

#시낭송 QR 코드
제 목 : 길은 길이다
시낭송 : 최명자

공저 〈2021 명인명시 특선시인선〉

길은 길이다 / 최윤서

꽃길도 좋고
가시밭길도 좋다

꽃길만 걷다 보면
굴곡 없는 인생에
안정과 여유라는
고귀한 삶에 머물지만

감사보다는
당연함이 존재하고
이해와 공감의 폭이 좁아진다

가시밭길을 걷다 보면
하루가 천릿길로
고통의 연속인
힘겨운 순간이지만

암흑의 터널을 지나면
소소한 일상에 감사하며
이해와 공감대의 폭이 넓어진다

시련이 주는 고통도
성숙한 자아를
열어가는 계기로
소중하고 행복한 삶의 조각이다.

아름다운 추억 / 최윤서

하늘을 덮은 사랑은
무지갯빛 찬란하고
대지에 내린 믿음은
옥토로 빛을 뿜었다

아픔에 겨운
찢기는 마음도
묵묵히 감수한 시간

터질 듯 부푼 풍선이
모서리에 찔려
맥없이 형체를 잃을 때

큰 산은 작은 나무가 되고
사랑의 눈빛은 사라진 채
향기 품은 입술에 찬 서리 내린다

믿음의 크기만큼 무너진
아릿한 가슴의 노래
꽃은 졌어도 꽃나무가 향기롭다고

허공을 향한 새 한 마리
허기진 심장이
장마철 홍수에 흘러간다.

우주의 반란 / 최윤서

자연을 파괴한
죄와 벌

무지한 자의
몰상식과 무자비에
붕괴한 지구의 별

지쳐가는 사람도
입을 가린 채
살가운 만남이 멀어진다

이기적인 행동이
불행의 근원인 줄 모른 채
불신의 골이 깊어가는 대우주

바다는 말이 없고
구름도 말이 없다
자연도 사람을 거부할 뿐

자연과의 공존
존중과 배려의
자유로운 세상을 꿈꾼다.

마음의 문 / 최윤서

비밀의 문은
넓어도 좁음이요
개방된 문은
좁아도 넓음이라

닫힌 마음은
부정이 벗으로 삼고
열린 마음은
긍정이 벗으로 삼는다

긍정은 긍정을 끌어당기고
부정은 부정을 끌어당깁니다

꾸밈없는 진솔한 모습
조건 없는 사랑의
열린 마음으로
긍정의 마음을 갖는 것입니다.

잊힌 시간 / 최윤서

당신의 뱃속인 양
따뜻한 물 속
어미 품이 그립나 봅니다

잊고 싶고
지우고픈 날이
무거운 땀방울로 흐릅니다

잊히고
지워집니다
세월에 묻혀 사라집니다

탁한 세상
버거웠던 시간
돌고 돌아 나를 찾아갑니다.

갈잎이 질 때 / 최윤서

붉다 못해 검붉고
시리다 못해 저린
심장이 너덜거린다

푸름에 익숙해
노란빛에 낯선
방황하는 눈빛이 서럽다

저만치 멀어지는
마음의 소리
이기심에 지쳐 쓰러진다

참숯 / 최윤서

까만 속살 드러내

뜨거운 불길에 몸을 맡기면

빨갛게 타올라

하얗게 피어나는 꽃가루

강한 듯 보여도

여리고 고운 마음

하얀 눈꽃을 피우며

잔바람에 흩어진다

누군가를 위한

아낌없는 희생과 배려는

진한 애정이 담긴

숭고한 사랑이었다

신호등 / 최윤서

순리대로
원리를 지키는
올곧은 삶의 방식

정지선의
고유의 값인
삼색의 존재를 알리면

교차하며 멈추는
깊은 깨우침이
현명한 지혜로 발현된다

그 누구도 불평할 수 없다.
묵묵히 따를 뿐

소중한 삶을 위하여 / 최윤서

과거는 현재가 되고
현재는 미래가 됩니다

오늘 심은 긍정과 배려의 씨앗이
내일은 행복의 열매로 자라듯
성실과 근면의 바탕이
행복의 결과로 이어집니다

지금, 이 순간 삶의 방식이
자신의 삶을 주관하는 주인으로
지혜롭고 현명하게
가치를 창조하는 실천이 중요합니다

뜨거운 열정과
숭고한 사랑의 숨결로
겹겹이 맺힌 꽃잎 되어
꽃길만 열리길 기원합니다

후회 없는 인생을 위해 / 최윤서

잔가지가 많은 나무
열매 또한 작고
잔가지가 적은 나무
열매 또한 크다

사람도
잔가지를 정리해야
풍성한 결실을 보는
후회 없는 인생이 된다.

악에 물든 인연은
멀리 두고 스승으로 삼고
선에 물든 인연은
가까이 두고 스승으로 삼는 것이다.

시인 최이천

#목차

#시낭송 QR 코드
제 목 : 꿈인가요
시낭송 : 박영애

시집 <꿈 꽃 피기까지>

#프로필

전남 여수 거주
2019년 2월 대한문학세계 시 부문 등단
(사)창작문학예술인협의회 회원
대한문인협회 광주전남지회 정회원

#시작노트

삶이 아름다움을 찾아간다.
알 수 없는 길 누구나 처음 가보는 길
웃다가 울다가 잠자다가
깨어보니 여기까지 와 있다.
앞으로 가야 할 그곳이 더욱 궁금해지는
여기에서 중얼거리는 소리가 시다
정리하고 퇴고하고 정정해 본다.

잎새들의 이야기 / 최이천

바람 불어온다.
순일 때는 간지럽다 했지
자란 잎 되어서 서로가
검푸른 바바리코트 입고
깔깔거리며 몸 부딪치는
춤으로 시간 가는 줄 몰랐다

된바람 기세에
마파람이 그립구나
옷매무새 매만지며
추위에 오그라든다.

노랑 검은색으로
따뜻하게 갈아입어야 해
갈맷빛으로 반짝이던
내 모습이 그립다네

된바람이 된서리 몰아온 이
잎새는 늙어버리고
낙엽이 되네 너 모양 내 모양이
왜 이러니 차라리 날아가 버린다.

허공 돌아 떨어지는 곳
내 고향이란다
여기 향긋한 흙냄새
고향에 돌아왔습니다

**된바람 : 북풍, 마파람 : 남풍, 갈맷빛 : 검푸른 색깔*

풀잎에 안긴 이슬 / 최이천

새벽에 오신 임을 안고
볼 비비는 연인 같은 너
찬바람 소슬한 이
너무 그리웠다.

기별 없이 와서 안기니
놀랍고 반가워서
오랜 시간 이렇게 있고 싶다

새벽에만 나눌 수 있는
우리들의 이야기는
사랑. 정. 이별까지 예지하며
급하게 쏟아내는
소낙비 같은 이야기다

해가 뜨면 이별하는 운명 앞에
무엇이 아까우랴
가져도 받아도 필요 없는 물질보다

힘주어 껴안은
살아있는 팔의 힘이
이 시간 더 소중해
우리는 더욱 깊숙이 파고든다.

여린 풀잎은 하늘같이
맑은 모습으로 변화한다.

그 모습이 첫사랑 모습인가요
푹 젖어서 행복해하는
이슬 안은 풀잎

동백 꽃망울 / 최이천

꽃눈 틔우더니
꽃망울 맺었다

어린 모습은
청순하고
깨끗하다

다칠세라 나뭇잎
주변 에워싸 바람막이한다

부끄러운 듯 빨강 입술
꼭 다물고 볼 내미는
예쁜 모습 혼자 보기 아깝다

나뭇잎 떨어져도
찬 바람 불어와도

동백은 새로운 계절의
주인처럼 눈을 뜬다.

눈 부신 태양 마주 보며
빨강 입술에 웃음을 그린다

티 없이 맑은 모습은
늙은 낙엽을 웃게 한다.

꿈인가요 / 최이천

사푼사푼 내려와
꼭 껴안아 준다
어디선가 장엄한
운명이 비창 속에
천둥소리 쾅쾅한다

가슴이 없는 곳에
심장이 뛴다
조금만 더 알면
아주 쉽게 말해줄 거야

쉽게 말할 수 없어
속은 타고 겉은 익는다
창을 열어 바람을 불러온다

바람은 슬픈 눈을 깜박이게 한다
널름한 코에 향기를 주고
앙증스러운 귀에 음악을 준다

순간에 모두가 멈춰버린다
누구 없소 불러본다
고요가 깊어가고
침전된다

꿈인가요.

마지막 향기 / 최이천

바람 지나는 길목에
잎새들의 이야기
실어 보내고

세월이 주름지는 곳에
함께 주름져 늙었다 한다.
님과 남이 오가는
교차로에서 그냥 서성인다

잊었던 인연
몰랐던 인연 어쩌다 만나면
길동무 되어 간이역 의자에 앉아
알록달록 옛 추억 이야기한다

흑갈색 낙엽 뒹굴고 쌓여있는
의자 밑에서 마지막 향기 되고 싶다는
탄원 소리 들린다

끌어모아 안아서 연소하니
자연향 풍기며 나래 펴고
하늘 나르며 찡긋 눈인사한다.

속눈을 뜬다 / 최이천

속눈을 뜬다
보이지 않았던 것이 보인다

예쁘기만 하던 장미가
오월 속에 왕이 되는 모습

봉우리 속에 햇빛을 모으고
달빛에 손짓하고
별빛을 불러온다

바람아
사랑가를 불러주오

솔솔바람 불어와 설렘
흔들어 터트린다

해와 달 별빛이 춤을 춘다

장미가 왕좌에 앉는다
감사로 발화된
저~~빨강 매혹스러운 빛깔

사랑에 빠져 버리란다.

하얀 마음 / 최이천

눈을 감으면
하얀 마음 보인다

개여울 맑은 물에
옥양목 헹구고 씻어
눈부시도록 하얀색
빨랫줄에 걸어 마르는
어머니 마음 누님 마음
지금에야 보인다

철들었는가
이렇게 눈을 감고 보는
하얀 마음에 콧등이 시큰하다

엄마야 누나야 마음은 죽지
않는다고 했지
저 멀리 푸른 하늘 뒤편에서
웃어주고 있겠지요

하얀 마음이 웃고 있는
하얀 웃음소리 내 귀에
들려옵니다

잊을 수 없으면 그리워지는가
그리움은 시공간이 없는가
그리움 하나라도 안고 살자.

모퉁이 돌아가는 봄 / 최이천

아가야 눈을 떠라
봄의 예쁜 얼굴
매화 살구 목련 벚꽃이다

봄은 하얀 색깔이지

아가야 웃어봐라
산수유 개나리 유채꽃
노랑 저고리 입어라

봄은 노랑 색깔이지

아가야 걸어와라
진달래 연사 홍 복사꽃
빨강 모자를 쓰고 오라

봄은 빨강 색깔이지

아가는 하얀 치마
노란 저고리 빨강 모자로
멋있게 차려입었네

대답 없이 모퉁이 돌아가는
아가는 눈꺼풀이 무거워
하품한다.

종착역 / 최이천

간이역 지나 종착역
국화 속에 사진 한 장
웃고 있다

해맑은 미소가
예전부터 여기 올 줄 알았는가요
여유로운 모습에
웃고 있어도 눈물이 보인다

비워버리고 놓아버린 이
허탈하신가요
시원하신가요
알 수 없는 당신은
아무 대답이 없습니다

속 뜨겁게 들려오는 그 말 한마디
많은 그것 탐하지 말란다
버리고 비우면 몇 정거장 더 간대요

당신의 종착역에 환송객
노란 가을 낙엽
뚜벅뚜벅 가고 있습니다

삶은 알 수 없는 그 시간
마지막 정거장 찾아간다.

잃어버린다 /최이천

알 수 없다
검정 거울 속에
세월이 주름져버리고
수축할 때마다 잠깐
나타나며 웃다가 굳어버린다

짝사랑 희비극
관중은 울고 웃는다
백 년을 못 견디는 기억창고
임이 주인공인 줄 미처 몰랐습니다

삶은 탑이 되어 높이 쌓여있는데
주인 없는 탑이란다

쌓아 놓은 탑 위에 올라가
앉아보지 못하고
탑의 존재를 잃어버린다

잃어버린 것에 아쉬움도
미련도 없는 임아 그대 모습은
천사로 변하였네!
그대 모습은 영원한 평화였다.

시인 최하정

#프로필

대한문학세계 시 부문 등단
(사)창작문학예술인협의회 회원
대한문인협회 대전충청지회 정회원
2021 조선어학회 100주년
현대시와 인물 선정
더불어민주당 천안지회 당원이며 현직
교사

#시작노트

더 큰 포부를 가지고 늘 더 나은
작품을 위해 글을 쫓아가기보다
먼저 앞서가며 늘 노력하는 자세로
펜을 잡습니다
이번 명인명시 특선시인선에 참여함도
더 나은 발판의 계기가 되기 위함이며
노니는 시어들은 무궁무진한 발상이
잠재워져 있다고 봅니다
늘 자신을 돌아보며 초심의 마음으로
글의 세계를 바라보고 벗하는
삶이 될 것입니다.

#목차

#시낭송 QR 코드
제 목 : 그대 그리운 날에는
시낭송 : 김락호

공저 <2021 현대시와 인물 사전>

그대 그리운 날에는 / 최하정

오늘처럼 티 없는 날에는
맑은 가슴으로 그대에게 가고 싶다

그리워 보고픈 날 그대 향한 마른 잎에
꽃씨 한 톨 뿌렸더니
시린 어느 가을날 붉은 단풍 되어
이렇게 사랑이 내게 온단다

내 애오라지 하나
푸르름과 갈잎의 정취에 젖어
울타리 사이 홍조 띤 얼굴로
그 님 맞이하고 파

타는 가슴이야 여여 할 테니
같이 가는 길은 그대 향기 마르지 않게

꼭꼭 숨어버린 마음에 가을 낙엽 쌓아 올려
발그레한 사랑의 불꽃 지 피워 본다

장작으로 타다 마른 가슴이
촉촉한 숨결로 꽃망울 지던 날
따뜻함이 움트고 노을이 웃음 머금었다.

설레는 봄 / 최하정

싱그러운 봄날에
터질듯한 작은 꽃망울들이
뻥긋함을 내밀고

산고의 고통마저 잊었는지
만개한 꽃잎이 바람에 실리어
설레게도 나풀거린다

별빛이 시리게도 쏟아지는 날이면
붉그레 수줍어하던 임의 얼굴을
꽃길 걸으며 살포시 그려본다

사월의 길목에서
꽃비에 흠뻑 젖은 나를 보러
그대는 먼 곳에서도 올 수 있을까

기다리다 지친 그곳엔
이미 노을이 내려앉고
꽃잎들은 행인들에 짓밟혀
땅바닥에 너부러지는데

그 꽃 진자리에 그리움이 핀다
그대는 꽃으로 나는 봄으로..
꽃잎이 봄날처럼 휘날린다.

내 삶의 공간에 / 최하정

내 삶은 강렬한 시화처럼
하얀 백지 위에 그려지고
모진 삶이 엉키고 설키듯
그 감필의 쓴맛을 봤었다

버겁던 삶이 극도로 힘들 때면
서글픈 가슴앓이로
아팠던 사연마저 삼켜야 했던 나날들

고난의 시간을 과거로 묻어두고
이젠 다시 일어서련다

경험했던 모든 희로애락을
잎새에 실어서 흐르는 강물에
살포시 띄워놓고

새로운 희망의 빛을 따라
평온을 질주하는 글쟁이 삶으로
지난 여운을 눈물로 삼키며
서광이 비치는 창대한 꿈을 그린다

붉은 장미 / 최하정

나를 쳐다보지도 않더니
장미 향 같은 그대의 진한 향으로
또다시 나를 매료시키며
어찌 이리 사슬로 묶는단 말이냐

고운 향기로 가는 발길 붙잡아도
머뭇거림 없이 그냥 떠나더니
그 가시로 나를 자극하는구나

외롭단 말은 하지 마라
그 고독함 서로 나누고자
나의 첫 마음 남겨두었거늘

냉담한 그 모습에 고개를 떨구고
가시에 찔린 마음처럼
붉은 피가 솟고 찢긴다고 하여도

아름다운 삶을 위해 감내한
벅차오르던 진한 향기마다
내 가슴에 담는다.

당신을 그 향기를.

하얀 눈꽃 / 최하정

세월은 그렇게 흘러도
입하목의 노거수엔 소복이 쌓인 눈처럼
하얗고 둥그러니 올라앉았다

온산을 헤매던 그 망태기 짊어지고
파릇한 청춘으로 떠났건만
천년을 기다린들 못 오실 임이기에

유수 같은 세월을 원망할까나
돌아올 수 없는 임을 원망할까나

밤이면 눈꽃 내려 하얀 지붕 만들어
덮어주고 너무 슬퍼 말라고..

그 눈꽃은 그리움에 지쳐 드는 가슴앓이로
사랑만큼 수북이도 쌓였다

임 향한 초록의 눈물방울이 창공에 터지니
싸리나무 옆 괴목은 뿌리마저 송두리째 흔들리고

애틋한 내 마음을 아는 듯
흰꽃 무리 더욱더 구슬프게
영원한 사랑이란 꽃말이 요사이에 가슴을 후벼판다.

그대 있는 곳에 / 최하정

달 안개에 비친 그대를 그리며
깊게 파인 골짜기를 굽이도는
뒷그림자 같은 그림으로 스며간다

무작정 찾는 길에
이끼에 걸려 넘어지면
그냥 갈망하는 가슴으로 흐르련다

산 밑에 동그마니 얼음이 되어
쌀알 같은 사랑을 하다가
용수 바람에 들켜 치마폭이 찢겨도

오늘은 기어이 그대 그림자 찾아
졸졸거리며 기쁜 마음으로 가련다

너무 멀어 만날 수 없다면
안개 덮인 바위틈에 끼어서
훔친 눈물 감추다 들킬지언정
안개의 등줄기 따라 흘러보련다.

연정 / 최하정

고즈넉한 산골짜기
누덕누덕 쌓아 올린 너와지붕 밑에
사랑 찾아 외로움 감추지 못했을까

고운 옷고름 자락 휘날리며
어느덧 터벅터벅 길모퉁이 돌아서서
애절함을 담아 괜한 돌덩이만 하나둘 올려본다

사공아, 바람결에 임 소식 들었걸랑
뱃머리 돌리기 전 그 소식 전해주소

몇 해 지나도록 받아보지 못한 사랑
못 오시는 임 생각에
오늘도 쌓다 만 무심한 그 자리
해 가는 줄 모르고 바라만 본다

밤마다 사무친 그리움을
한 땀 한 땀 골무로 기워낸 도포 자락엔
슬픈 눈물 자국 얼룩진다.

그대를 그리며 / 최하정

가슴 도려낸 듯한 아픔 안고서
또 쓸쓸한 이 밤을 맞이한다

그대도 어디선가
창가에 어리는 저 달빛을
흐르는 눈물을 억누르며 보고 있겠지

너 떠난 빈자리가 그리워
이렇게 아파하는 건
더욱 사랑이 깊어졌기 때문일 거야

물푸레 나뭇잎에 찬 서리 맞으며 우는 풀벌레가
오늘따라 더 구슬프고
어느덧 잰걸음의 어둠이 멀어진다

사랑하는 내 사람아
저 멀리 여명이 밝아오면
날 찾아온다던 그리운 내 사랑아

지저귀는 참새 소리만 청아하다.

창공 / 최하정

분홍빛 모시 적삼 입고
허공을 가르는 아낙네야

긴 옷고름은
풀 기운 빳빳한 채 아름답구나

발판 위의 하얀 외씨버선은
뉘 수줍어 그리 사뿐히 맵시 있을꼬
나풀거리는 빨간 댕기 뒷모습 또한 미색이로다

저 재 넘어 이 도령의 생각에
가슴마저 살랑거리고
늘어진 소맷부리 요염하기 한량없다

내 오늘은 치레거리
한껏 꾸미고 임 마중 가보련다.

외로운 향기 /최하정

벤치 위에 내려앉은
갈잎새 사이로
가을의 꽃향기가 숨어든다

그 향긋함이 아련한 진한 찻잔에
한 모금의 외로움을
저어 마셔버린다

바스락대며 찾아온 한 가닥의 그리움이
붉은 단풍의 입김으로
온기를 느낄 때면

애모하듯 너를 흠모하는 마음은
한 몸 되어 단미가 된다

쓸쓸함에 가슴이 아려오는 날이면
아직도 그 애틋함 놓지 못해
빈 잔에 눈물 앉은 낙엽만 차곡히 쌓인다.

시인 한명화

#목차

#시낭송 QR 코드
제 목 : 회상
시낭송 : 박영애

시집 〈설봉 아리랑〉

#프로필

충남 부여 출생, 서울 거주
대한문학세계 시 부문 등단
(사)창작문학예술인협의회 회원
대한문인협회 정회원
시집 〈설봉 아리랑〉

#시작노트

신명나는 장구 연주 소리
관객도 어깨춤을 추고
나는 황홀함에 신이 난다

흥과 멋의 장구춤
나는 덩실덩실 오래도록 추고 싶다

-시〈설봉 아리랑〉 중에서-

설봉 아리랑 / 한명화

무대의 조명은 켜지고
나는 붉은 치마 흰 저고리를 입고
빨간 장구를 어깨에 메고
휘모리장단에 맞춰 춤을 춘다

이른 봄 왕벚꽃 날리듯
호흡을 길게 들이쉬며 장구와 내가 한 몸인 양
느리게 빠르게 버선발로 사뿐히
춤사위 속으로 휘돌아 감는다

파르르 떨리는 손끝 시선
흩어지는 장구소리
자유로운 춤사위는
구름 위를 걷는다

신명나는 장구 연주 소리
관객도 어깨춤을 추고
나는 황홀함에 신이 난다

흥과 멋의 장구춤
나는 덩실덩실 오래도록 추고 싶다

덩덩 쿵더쿵
덩따따 쿵더쿵

한밤의 대화 / 한명화

어둠 속 어딘가에 그대가 있을 것만 같습니다
검은 골짜기 빛나는 별 중에
푸른빛의 유성 하나 달려옵니다

그대 아직도 울고 있나요
아직도 그렇게 울고만 있나요
내가 그대에게로 갈 수 있는 유일한 길
함께 울고 웃던 기쁨의 언어들이여

그 자리는
그림처럼 그대로인데
마저 하지 못한 말 혼자 기울이고
혼자보다 우리로 있고 싶은 칠흑 같은 밤
등을 돌려 쌓아 둔 이야기들로
활짝 웃고 싶습니다

오늘은 허공에 서러움 풀어내고
밝은 내일이 오면
높은 푸른 하늘에 가슴을
맞대어 보아야겠습니다

눈을 감으면 끝없이 바닥으로
내려갈 것 같은 오늘
함께 완성하던 지도에 점 하나
찍습니다

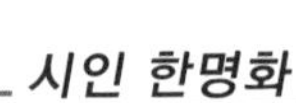

꿈의 길 / 한명화

직립을 꿈꾸는 세상에서
힘에 겨워 눈물이 날 때는
저 앞에 마주 보이는
푸른 하늘 자락을 와락 끌어안는다

수천 번 넘어지며
직립을 익혀가다가
고통이 밀려오면
구겨져 가는 구름 조각들을
펼쳐가며 간다

그러다 어느 날인가
풀잎 사이 흩어지는 이슬을 지나
눈부신 햇살이 나를 깨우면

가난한 사업가의 꿈의 높이는
한 움큼 올라오고
시선은 더 멀리 응시한다

산다는 것에 대하여 / 한명화

산다는 것은
그늘도 없는 허허벌판에서
형상 없는 실체를
만들어내는 것이다

산다는 것은
꽃그늘 아래
파릇파릇 돋아나는 초록이
갈색으로 물들어가는 것이다

산다는 것은
주변을 돌아보며
눈물 한 방울 삼켜 주는 일이다

산다는 것은
속을 다 비워낼 때
고통 위에 꽃이 피고
환해지는 일이다

신세계 / 한명화

5천 년 역사에서
모두를 멈추게 한 위대한 당신

그대가 인류를 정령해도
왕벚꽃은 지고 열꽃이 지천이네

옛사랑 / 한명화

그대가 있어
봄의 소박한 목련꽃 미소를
볼 수도 있고

여름의 쏟아지는 장맛비에
흩날림을 느낄 수도 있고

가을의 귓가에서 멀어지는
쇠박새 슬픈 노래도 들을 수 있고

겨울의 새도 날지 않는 추운 날
갈대꽃술에도 송이송이
하얗게 내리는 눈도 볼 수 있다네

오늘은
가는잎조팝나무 짧은 시를 노래하며
옛사랑은 꿈결 속을 다녀가려나

설봉촌 별빛 소나타 / 한명화

별들 총총 깜빡이는 밤
지상을 향해 별 한 바구니 뿌려집니다

푸른 밤길을 달리던
홀로 별들은 신이 나서
떡갈나무와 독야청청 소나무 잠 깨워
하얀 별빛 현을 켭니다

잔잔한 바람은 신이 나서 춤을 추고
화왕산을 둘러싸고 선율을 실어 나릅니다

어느덧 작아지는 연주 소리에
나는 꿈결인 듯 젖어 스르르 잠이 듭니다

가을 사랑 / 한명화

그대와 가을 언저리 이곳까지
오래 걸었습니다

이른 봄
단비가 속삭이던 날
만개하는 들꽃 사이 가슴은 물들어
선홍빛이었습니다

오래 걸었습니다
여기까지

나는 은밀하게
풍경 속에 있습니다

온산도 들도
그리움을 벗는 지금
앙상한 무릎 어깨 위로
나직나직 말을 건네던
그대 마음만 기억합니다

회상 / 한명화

사무실 귀퉁이 웅크리고 있는
너의 흔적들이 묻어있는
소품들을 뒤로하고
길을 나섰다

벚꽃은 무리 지어
꽃비 흩날리고
길바닥에 떨어진 꽃잎 몇 잎이
나를 올려다본다

누워 있는 잎사귀들이
서녘 하늘에 걸려있던
핑크빛 노을을 닮았다

명치끝이 아려오는
옅은 너의 향기는
야속한 바람이 흔들어대도
가슴속으로 파고든다

날이 저물어 어둠이 내리자
불빛 속에 더욱 선명해지는 네 모습
가까이 가면 멀어지고
멀어지는가 싶으면
다가와 미소 짓는다.

동해의 일출 / 한명화

동해 푸른 바다
집채만 한 파도를 타고 놀다
검은 밤 깊어져 저 큰 바다를
온몸에 품어본다

어쩌다 저 바다는
청순한 얼굴 하나
쑥 밀어 올렸을까

밀려오고 가는
바다의 시간에 흔들리다
부서져 내리는 빛의 환희에
기쁨으로 멈추어 선다

시인 한용운

#목차

위대한 승려이자 저항시인, 한용운 // 한용운(1879~1944)

시인, 승려, 독립운동가로 법명은 용운, 법호는 만해이다. 충청남도 홍성에서 한응준과 온양 방씨 사이에서 차남으로 태어났다. 어릴 때 서당에서 한학을 공부한 후, 향리에서 훈장으로 아이들을 가르쳤다. 부친으로부터 의인들의 기개와 사상을 듣고 큰 감명을 받았다.

동학농민운동에 가담했으나 실패로 돌아가자 설악산 오세암에 들어간다. 그 뒤 1905년 백담사에 들어가 승려가 되고 창작 활동을 시작한다. 1908년 일본으로 건너가 신문명을 시찰하고, 1913년 귀국하여 불교학원에서 교편을 잡는다. 그 해에 범어사에 들어가 '불교대전'을 저술하였다. 대승불교의 반야사상에 입각해 불교의 현실참여와 개혁을 주장했다.

주요 저서로는 '조선불교유신론'이 있는데 백담사에서 탈고하여 1913년에 발간한다. 이를 계기로 불교계에 일대 혁신을 가져온다. 1914년에 고려대장경을 독파한 후 '불교대전'을 간행하고, 1918년에는 불교잡지 '유심'을 발간한다. 이를 통해 불교의 대중화와 민족의식을 고취하는 데 앞장선 것이다. 1919년 3·1 운동 계획 운동에도 주도적으로 참여한다. 1926년 서울 회동서관에서 '님의 침묵'이 시집으로 출간된다. 표제시인 '님의 침묵' 외에도 '알 수 없어요', '비밀', '첫 키스', '님의 얼굴' 등 초기 시들이 88편 수록되어 있다.

지금의 성북동 집터에 심우장이라는 택호의 집을 지을 때 조선총독부 청사가 보기 싫다고 동북방향으로 집을 틀어 버린 한용운 시인은 그토록 그리던 광복과 독립을 눈앞에 두고 1944년 6월 29일에 입적하였다.

[네이버 지식백과에서 인용]

나는 잊고자 / 한용운

남들은 님을 생각한다지만
나는 님을 잊고자 하여요
잊고자 할수록 생각하기로
행여 잊힐까 하고 생각하여 보았습니다.

잊으려면 생각하고
생각하면 잊히지 아니하니
잊도 말고 생각도 말아 볼까요
잊든지 생각든지 내버려 두어 볼까요
그러나 그리도 아니 되고
끊임없는 생각생각에 님뿐인데 어찌하여요.

구태여 잊으려면
잊을 수가 없는 것은 아니지만
잠과 죽음뿐이기로
님 두고는 못하여요.

아아, 잊히지 않는 생각보다
잊고자 하는 생각이 더욱 괴롭습니다.

시인 황진이

#목차

조선 전기 시서와 음률에 뛰어났던 개성의 기녀. 황진이

본명은 황진(黃眞), 일명 진랑(眞娘). 기명(妓名)은 명월(明月). 개성(開城) 출신. 확실한 생존연대는 미상이다. 중종 때의 사람이며 비교적 단명하였던 것으로 보고 있다. 용모가 출중하고 시서 음률에 뛰어났으며 여류시인으로 허난설헌과 병칭된다. 서화담·박연폭포와 함께 송도삼절이라 일컫는다.

황진이가 지은 한시에는 「박연폭포(朴淵瀑布)」·「만월대회고(滿月臺懷古)」·「봉별소판서세양(奉別蘇判書世讓)」 등이 전하고 있다. 시조 작품으로는 6수가 전한다.

이 중에 「청산리 벽계수야」·「동짓달 기나긴 밤을」·「내언제 신이없어」·「산은 옛산이로되」·「어져 내일이여」의 5수는 진본(珍本) 『청구영언』과 『해동가요』의 각 이본들을 비롯하여 후대의 많은 시조집에 전하고 있다.

황진이의 작품은 주로 연석(宴席)이나 풍류장(風流場)에서 지어졌다. 그리고 기생의 작품이라는 제약 때문에 후세에 많이 전해지지 못하고 인멸(湮滅: 자취도 없이 모두 없어짐)된 것이 많을 것으로 추측된다.

현전하는 작품은 5, 6수에 지나지 않으나 기발한 이미지와 알맞은 형식과 세련된 언어구사를 남김없이 표현하고 있는 점에서 높이 평가된다.

[네이버 지식백과에서 인용]

奉別蘇判書世讓(소세양 판서를 보내며) / 황진이

月下梧桐盡(월하오동진) 달빛 아래 오동잎 모두 지고
霜中野菊黃(설중야국황) 서리 맞은 들국화는 노랗게 피었구나.
樓高天一尺(누고천일척) 누각은 높아 하늘에 닿고
人醉酒千觴(인취주천상) 오가는 술잔은 취하여도 끝이 없네.
流水和琴冷(유수화금랭) 흐르는 물은 거문고와 같이 차고
梅花入笛香(매화입적향) 매화는 피리에 서려 향기로워라
明朝相別後(명조상별후) 내일 아침 님 보내고 나면
情與碧波長(정여벽파장) 사무치는 정 물결처럼 끝이 없으리.

후원 : (사)창작문학예술인협의회 / 대한문인협회 / 대한시낭가협회

2022 현대시를 대표하는

名人名詩 특선시인선

(사)창작문학예술인협의회가 추천하는 대표시인

지 은 이 : 김락호 외 55인

고옥선 김국현 김금자 김락호 김보승 김선목 김소월 김영주 김혜정 김희영
남원자 박기만 박기숙 박미향 박상현 박영애 박흥락 백승운 서석노 서준석
손해진 송근주 송용기 신채호 심 훈 염경희 염규식 오필선 유영서 윤동주
이동백 이만우 이문희 이상노 이상화 이육사 이정애 이재용 이정원 전경자
정병윤 정상화 정약용 정찬열 조명희 조순자 조한직 주응규 최명자 최숙경
최윤서 최이천 최하정 한명화 한용운 황진이

펴낸곳 : 시사랑음악사랑
엮 은 이 : 김락호
디 자 인 : 이은희
편 집 : 박영애, 이은희
표지 그림 디자인 : 김락호
2021년 11월 26일 초판 1쇄
2021년 12월 1일 발행

주소 : 대전광역시 중구 목중로 26번길 45, 311호(중촌동, 중도쇼핑)
연락처 : 1899-1341
홈페이지 주소 : www.poemmusic.net
E-Mail : poemarts@hanmail.net

정가 : 22,000원
ISBN : 979-11-6284-333-8 03800